Amor, divina locura

Amor, divina locura

Durante mucho tiempo
has escuchado la mente, ahora
deja hablar al corazón

Walter Riso

Bogotá, Barcelona, Buenos Aires, Caracas, Guatemala,
Lima, México, Miami, Panamá, Quito, San José, San Juan,
Santiago de Chile, Santo Domingo

Impreso en Colombia por Banco de Ideas Publicitarias
Printed in Colombia

Edición, Patricia Torres
Diseño de cubierta, María Clara Salazar P.
Fotografía de cubierta, Fragmento de *Royas en las espigas,*
de William Blake. Pluma y aguada. Sussex. Petworth House.
Armada electrónica, Andrea Rincón Granados

Este libro se compuso en caracteres Bembo.

ISBN 958-04-6248-8

Para Andrés Sierra.
Al amigo leal y sincero,
creativo por naturaleza
y artista de corazón.
Al Eros que lo habita,
vital, juguetón e incansable.

Contenido

Antes no existía la estirpe de los inmortales,
hasta que Eros mezcló todos los elementos;
y de esa mezcla de unos con otros nacieron
el Cielo y el Océano
y la Tierra, y la raza inmortal
de los bienaventurados dioses.

ARISTÓFANES, *Las Aves*

El encuentro

Una vez más estaba de pie frente a los restos de su padre. El mismo ritual de cada año: dejar una margarita deshojada, tal como a él le gustaban. "Las margaritas enteras son un desperdicio, se hicieron para jugar", solía decir con el humor que lo caracterizaba. Ella se despidió: Ahí te dejo la flor... Piénsame de vez en cuando... Me haces mucha falta...

Como siempre, ni una lágrima.

Mientras caminaba hacia el automóvil por las pequeñas veredas rodeadas de árboles nativos, sintió la brisa cálida de comienzos de primavera y el olor penetrante a madreselva. Las paredes de las salas de velación obraban como un dique al suave viento, que llegaba del oeste y se filtraba haciendo vibrar algunas hojas. Epifanía lo único que deseaba era salir rápidamente sin ser vista.

Una fila de llorosos deudos le impidió el paso. Odiaba el dolor en cualquiera de sus formas y no quiso esperar. Caminó contra la corriente y luego tomó la calle principal, rumbo a la verja de entrada al campo santo. Otra vez la ventisca, esta vez más pegajosa y menos primaveral. Sintió que el silencio le calaba los huesos y apresuró aún más la marcha: ciao papá, nos vemos.

Desde que vivía sola, la entrada y la salida del sol funcionaban para ella como un reloj gigantesco al cual se acoplaba con gusto. Toda la casa había sido diseñada por su padre para "perseguir al sol" las veinticuatro horas, como un homenaje a los Beatles y a su canción preferida: "Here comes the sun". Era una vivienda campestre montada en un apacible y exclusivo barrio a pocos minutos de la ciudad, concebida para estar en contacto con la naturaleza sin alejarse demasiado del bullicio.

Contra toda opinión, y a pesar de la encarnizada oposición de algunos miembros de su familia, prefirió no venderla y vivir allí, metida entre los libros de arquitectura, literatura e historia del arte, el pequeño taller de escultura en desuso y el almendro, que hacía años no florecía, e inexplicablemente seguía en pie.

Cuando la añoranza la golpeaba, se sentaba en el mirador que asomaba atrevidamente sobre los cerros rebosantes de pinos y se dejaba invadir por los recuerdos. Abandonar el sitio habría sido un acto de traición imperdonable.

Absorta en los recuerdos, detuvo el auto, comenzó a recoger sus cosas y, cuando estaba a punto de bajar, sintió un golpe en la ventanilla de atrás, un *toc toc* como cuando llaman a la puerta. Miró por encima del hombro, hizo una rápida inspección del lugar, pero no vio a nadie. Pensó que el ruido había sido producto de su imaginación, pero sí había alguien; cuando giró hacia el frente, la sorpresa la dejó sin habla.

Un joven de aspecto facineroso, que tenía la cara aplastada contra la ventanilla y hacía muecas horribles, intentaba desesperadamente abrir la puerta delantera del auto. De inmediato, otro sujeto apareció por el lado contrario, pero el seguro le impidió entrar. Ambos comenzaron a insultarla y amenazarla para que se bajara del auto. Trató de llamar por el teléfono celular, pero la mente estaba en blanco. En cuestión de segundos, al ver a su víctima tan bien atrincherada, la ira de los asaltantes se multiplicó. El individuo más alto subió al techo del automóvil y comenzó a saltar. Entretanto, el más pequeño sacó un bate y amenazó con romper el parabrisas.

Siempre se había considerado una mujer fuerte y valiente; al menos ésa era la fama que tenía entre sus amigos, colegas y pacientes, sobre todo entre estos últimos, cuando los instigaba a enfrentar el miedo en el consultorio o, literalmente, les aplicaba una llave inglesa en el hospital para inmovilizarlos. Sin embargo, ahora su cuerpo decía otra cosa. Estaba temblando, un sudor helado bajaba por sus brazos y piernas, el corazón latía descontrolado, la visión fallaba y los sonidos se oían cada vez más lejanos. Sintió que iba a desmayarse. Esto no está sucediéndome, pensó antes de entrar en una especie de limbo en el que las percepciones empezaban a fallar.

En ese preciso instante, cuando la conciencia estaba por derrumbarse, una figura humana se descolgó del viejo roble en el cual se apoyaba la pared medianera de la casa. El nuevo sujeto llevaba una rama en cada mano y lanzaba sentencias en una jerga ininteligible, como si estuviera exorcizando a dos demonios. El contraataque no demoró en llegar y los ladrones, furiosos y desencajados, arremetieron contra el extraño personaje. A partir de ese momento todo se volvió más confuso. La hora gris ubicaba la acción y los actores en un juego de sombras y siluetas, de gritos entreverados y sonidos secos. No supo cuánto tiempo demoró la trifulca, pero finalmente los atracadores salieron a la carrera, no sin antes renegar de su mala suerte. El desconocido quedó arrodillado, con un hilo de sangre que le corría desde la cabeza, y con la mirada aturdida de los que están próximos a caer pero no se deciden. Epifanía volvió en sí, de un salto corrió al rescate de su benefactor y lo entró rápidamente a la casa.

Todavía atontado por el golpe, el hombre permaneció acostado en el sofá de la sala recibiendo los primeros auxilios. Trató de balbucear algo, pero no fue capaz. Bajó los párpados y cayó en un profundo sopor. Ella se mantuvo inmóvil, aferrada a una copa de brandy, tratando de comprender lo que había sucedido. Aún podía sentir la adrenalina corriendo por su cuerpo.

Sentada frente a su anónimo invitado, que a estas alturas había adoptado la posición fetal, comenzó a estudiarlo. Era un individuo de unos 35 años, como de un metro con ochenta, de contextura delgada, pelo negro largo y piel bronceada. Sus facciones eran angulosas y bien proporcionadas, a excepción de la nariz que era demasiado larga y recta. Los ojos eran negros, como dos aceitunas, y sus manos largas y huesudas como hojas de palma. Llevaba sandalias de cuero marrón, un jean sin marca y una camisola hindú color crema, con arabescos del mismo color. No daba la impresión de ser un pordiosero o un mal viviente, más bien parecía un hippie fuera de época.

Sin pensarlo demasiado, decidió revisarle los bolsillos, pero los encontró vacíos. Tampoco tenía reloj, ni anillos ni pulseras, el único accesorio era una cadena con un dije de plata en forma de huevo, que colgaba del cuello.

Tomó distancia y lo examinó nuevamente buscando otra óptica. Algo le era familiar, alguna cosa que no podía precisar con certeza le resultaba conocida. De manera instintiva, se acercó y comenzó a olfatearlo, al principio con moderación y luego con más confianza. Se deslizó cuidadosamente por la piel cobriza y finalmente se detuvo en la frente, tratando de asimilar y ubicar la información: ¿Qué me recuerda?, pensó, huele a sal de mar, a océano, a caracol... a frescura... no puedo concretarlo. Con la sensación viva de aquel aroma, regresó al sillón y allí permaneció, ensimismada, hasta que el sueño se apoderó de ella.

A las tres de la mañana se despertó sobresaltada. El sofá donde antes reposaba el hombre estaba vacío. Echó una rápida ojeada a la casa y aparentemente todo estaba en orden. El silencio era total y la adrenalina había descendido a sus niveles normales. Una calma profunda habitaba el lugar y, curiosamente, el aire cálido que había sentido en el cementerio estaba otra vez presente. La brisa, cariñosa y amable, la empujó hacia la puerta de la calle que estaba entreabierta, y allí, bajo el pórtico, encontró al joven de pelo negro tendido en el umbral, acurrucado sobre sí mismo como un ovillo. La noche era diáfana y la luna inundaba todo. Lo tapó con una manta, entró en la casa y se recostó a esperar el amanecer.

Por la mañana temprano, con los primeros rayos, Epifanía recogió un papel acuñado con una piedra sobre la manta doblada. La nota decía:

FAINÉSTHASIS

La alexitimia

Ir al bar "La Paz" era uno de aquellos placeres que fácilmente se vuelven costumbre. El lugar mantenía el aire inconfundible de los años sesenta y era frecuentado por todo tipo de intelectuales, bohemios taciturnos, ermitaños y cincuentones desarraigados.

Epifanía había sido educada en aquel universo nostálgico de quimeras sociales y ensueños revolucionarios. De niña, ella y su hermana pasaban largas horas escuchando las increíbles historias de su papá, que audaz e irreverente trataba de salvar al mundo de los malos. Los relatos eran fantásticos y sumamente entretenidos. Por ejemplo, una vez se encadenó desnudo al mástil de la universidad, en protesta por la "intrusión indebida del Fondo Monetario Internacional". En otra ocasión, gracias a una arriesgada operación nocturna, escribió en la cúpula de la rectoría: VOTE POR LA LISTA MARRÓN.

Los viejos tiempos no eran tan viejos para Epifanía, quien aún podía entonar las canciones populares de George Brassens, o corear con Paco Ibáñez, "La poesía es un arma cargada de futuro". Ahora sonaba "El extranjero", de Moustakis. Ella tomaba cerveza sin alcohol y su amiga, probablemente la única que había tenido, jugaba con el borde sobrante de una pizza.

—Conozco ese gesto... La crisis, ¿verdad? —dijo Tatiana en tono amigable.

—Creí que ya estaba superado... Quizás sea el aniversario de los diez años... No sé...

Veinte años de amistad le daban a Tatiana el derecho a opinar. Había estado con Epifanía en las buenas y en las malas, sobre todo en las malas, como en el accidente del padre de Epifanía y el posterior reconocimiento del cadáver. De manera inexplicable, un tren lo arrolló cuando trotaba de noche cerca del parque municipal, y lo arrastró casi dos cuadras. Para la familia la tragedia fue devastadora, pero especialmente para Epifanía, que lo necesitaba más que al aire.

—¿Qué hay de tu misterioso amigo?... ¿Ha vuelto a aparecer? —preguntó Tatiana.

—No, ya van cuatro días… no creo que vuelva.

Desde aquella noche, el sujeto que olía a mar había desaparecido sin dejar rastros, pero aun así Epifanía no conseguía olvidar el asunto. Su cerebro se estaba comportando de manera extraña, pues a medida que transcurría el tiempo las imágenes y sensaciones de lo ocurrido se volvían más intensas en lugar de extinguirse. Las partes de su cuerpo que habían estado en contacto con él ahora mostraban una curiosa hipersensibilidad al tacto y al roce de la ropa. Además, el recuerdo de aquel rostro anguloso adquiría con las horas un realismo sorprendente: podía verlo como si lo tuviera al frente.

—¿Y cómo van tus ángeles?

—Muy bien —respondió Tatiana, mientras acomodaba sus ochenta y siete kilos en la diminuta silla—. El esoterismo sigue de moda y el Tarot va viento en popa. Deberías dejar de recetar medicamentos y reemplazarlos por la lectura de cartas, el tabaco o el I Ching.

—¿Más Platón y menos Prozac, como el libro?

—¿Y por qué no? No tiene contraindicación, hace feliz a la gente y es más barato.

—Sabes que no creo en eso, pero debo reconocer que a veces siento envidia de tu tranquilidad. Hay momentos en que me gustaría alejarme un poco de la medicina…

—¿Cómo? ¡Vaya confesión! No me digas que ya pusiste la psiquiatría en tu lista personal de odios. A ver si recuerdo, estaban los que comían con la boca abierta, la gente poco inteligente, los domingos a las tres de la tarde, los conductores de taxi, la música nueva era, los franceses, el *sushi*...

—Las mamás, los que no respetan las filas —continuó Epifanía.

—Los fumadores, las chismosas, los hombres... —completó Tatiana.

—¡Y los pacientes! —exclamó Epifanía.

—Ojo, amiguita, si sigues así se te va acabar el mundo y sus placeres —sentenció Tatiana, entre broma y verdad, mientras abría un libro de Ioan Culianu titulado: *Eros y magia en el Renacimiento*.

Tatiana era una sibarita de punta a punta y sin complejos. De manera intempestiva había decidido abandonar la carrera de medicina en décimo semestre y dedicarse a lo que en verdad le gustaba: la magia blanca. Al contrario de Epifanía, Tatiana se distinguía por ser más alegre y expresiva. Ambas compartían el buen humor, cuanto más cáustico mejor, pero no las locuras: Epifanía las curaba y Tatiana las patrocinaba. Mientras una abusaba de la racionalidad, la otra bordeaba a veces la manía. Pese a todo, habían aprendido a estar juntas sin molestarse, como hace la gente que se quiere y respeta. El supuesto poder curativo de las "flores de Bach" y la farmacología las habían enfrentado en más de una ocasión, pero el afecto que se profesaban siempre declaraba empate hasta la próxima ocasión.

El consultorio de Epifanía estaba ubicado en el sector más exclusivo de la ciudad, elegantemente decorado y con las paredes empapeladas de diplomas. El lugar donde Tatiana hacía sus conjuros y ritos "terapéuticos" estaba en un sótano de la célebre "Calle de los brujos", que tal como su nombre lo indica reunía lo más selecto de la medicina alternativa y el espiritismo. Ambientado con un penetrante olor a sándalo y música hindú ortodoxa, la decoración consistía en iconos de todo tipo, algunas cabezas de animales embalsamadas, y tres enormes láminas de sus principales guías espirituales: Jesús, Buda y Krishnamurti.

Con el correr de los años algunos roles se habían invertido. Tatiana, que no era capaz de descifrar los titulares de un periódico, se convirtió en una excelente lectora, y Epifanía, amante de la lectura desde los 12 años, fue reduciendo su interés hasta quedar atrapada en la primicia del último, *Journal of Clinical Psychiatry*.

Tatiana acercó el libro y comenzó a leer muy despacio:

—"Abrid vuestros ojos y vuestro sentido interno, para que mi fantasma pueda entrar en vuestro espíritu y llegar hasta vuestro corazón, del mismo modo que vuestro fantasma ha entrado al mío; además, todo demuestra que estáis hecha para el amor: no os obstinéis en rechazarlo, no me matéis, pues vos seréis castigada, a vuestro turno, como una asesina". ¿Qué te parece?

—No sé... Muy lúgubre...

— Es una historia de desamor y tragedia que fue escrita en 1493. Se trata de un señor llamado Polifilo, que intenta recuperar el amor de su amada Polia, quien hizo votos de castidad a la diosa Diana. Pese a las súplicas desesperadas del enamorado, ella decide reprimir sus sentimientos y ser fiel a la promesa de mantenerse pura. Mientras tanto, el pobre hombre no hace más que implorarle amor.

—¿Y cómo termina?

—Polifilo muere de repente. Su intensa pena no encuentra consuelo en Polia, quien se muestra cada vez más dura e impenetrable. Ella se acostumbró a bloquear los sentimientos y el amor y ya no se reconoce a sí misma. Una forma de *alexitimia*, ¿verdad?

Epifanía conocía muy bien el término (*a:* 'falta'; *lexis:* 'palabra', y *thymos:* 'afecto'), "incapacidad de leer los afectos", "analfabetismo emocional". Tenía que enfrentarse a diario con pacientes que lo padecían y sabía muy bien lo difícil que era relacionarse con ellos. Recordó el caso de un banquero que carecía de humor porque no comprendía el lenguaje metafórico y el de una estudiante de administración que era incapaz de tener fantasías porque su mente no podía explorar el futuro de ninguna forma. "Nosotros, los alexitímicos", le dijo en cierta ocasión un paciente, "somos como un árbol sin savia, que se niega a recibir abono y agua".

Pero la pregunta de Tatiana tenía otra intención. En los últimos ocho años Epifanía había mostrado una tendencia hacia la apatía emocional y afectiva. Una indolencia difícil de aceptar para los que la querían y habían conocido el ímpetu desbordante de su juventud. Ella misma no desconocía este hecho, sabía que se estaba marchitando lentamente.

Tatiana chasqueó los dedos y Epifanía reaccionó como si cayera bruscamente de algún sitio:

—¿Qué decías?... Perdóname, últimamente ando por las nubes —y luego de mirar el reloj, agregó—: ¿No crees que ya es tarde?

Tatiana esbozó una sonrisa comprensiva:

—Tienes razón, yo invito esta vez.

Y pidió la cuenta.

La lectura del cielo

Se levantó de la cama bruscamente, maldijo una vez más el insomnio y fue hasta la cocina en busca de algún incentivo para sobrellevar la espera. El piyama de algodón dejaba entrever los contornos perfectamente delineados de sus largas piernas y la elegancia encubierta de su silueta. Epifanía era una mujer atractiva, de tez blanca y pelo negro hasta los hombros. Su andar recordaba la gracia de una geisha.

Se sirvió leche descremada (la figura era una de las pocas cosas que aún no había descuidado). Los ruidos de la noche eran amigables y el resplandor de la luna llena sobre la cúpula transparente le daba al lugar la apariencia de un observatorio espacial a la deriva. Por un momento se sintió abismada y plena. Pensó que el insomnio no siempre era malo y que hasta podría suspender el medicamento, vivir de noche y dormir de día como una vampiresa. Abrió la boca, levantó el labio superior, se miró los colmillos en un espejo antiguo e intentó asustarse a sí misma, sin mucho éxito. Toda su vida había sido una adicta al humor negro, a las películas de asesinos en serie y a las andanzas de los tres genios del terror: Bela Lugosi, Vincent Price y Boris Karlof.

Bebió unos sorbos y pensó volver a la cama, pero un soplo la detuvo.

Un aire liviano y tibio, que llegaba de la parte trasera de la casa, la tomó por la cintura y la exhortó a salir. Epifanía obedeció y se dejó llevar hasta el mirador, donde se dibujaba la figura de un hombre que reconoció de inmediato. La tenue ráfaga expiró y ella permaneció de pie frente a él, sin decir palabra. Luego de unos segundos, decidió hablar:

—¿Cómo sigue tu cabeza?

—Muy bien, gracias a ti —respondió el hombre en tono amigable.

—Soy yo quien debe dar las gracias... ¿Cómo entraste?

—La puerta estaba abierta. Espero que no te moleste... La vista aquí es deslumbrante...

La voz del desconocido era desafinada pero cálida, su tono dejaba sentir un acento singular que Epifanía sólo pudo identificar más tarde. Con prudencia, ella continuó hablando:

—¿Cómo te llamas?

—Eros...Y tú, Epifanía.

—¿Cómo sabes mi nombre?

Él no respondió. Su mirada era pícara y penetrante. Llegó hasta el límite de la baranda y abrió los brazos como si fuera a lanzarse al vacío. Estaba extasiado. Al voltear, se topó con el bello rostro de Epifanía, la expresión honesta de sus ojos cafés y un gran desconcierto en la cara.

Eros le resultaba familiar. Lo intuyó la vez anterior y ahora lo confirmaba, aunque no podía definir con exactitud de dónde provenía esta impresión. De manera inexplicable, la desconfianza que la había caracterizado todos estos años había desaparecido de un momento a otro, como si la impresión de familiaridad y el natural agradecimiento por haberla salvado le impidieran sentirse invadida en su privacidad. Después de unos minutos, la extrañeza fue desplazada por la curiosidad. Eros miraba al cielo con atención.

—¿Qué ves? —preguntó ella.

—No veo, leo —afirmó Eros.

—Nunca me han interesado las estrellas. Pero, ¿qué es lo que lees exactamente? A mí todas me parecen iguales.

—Historias —murmuró Eros, sin apartar la vista del cielo.

—¿Historias? ¿Historias de qué?

—Relatos, leyendas, la vida... Todo está allí.

—Demasiado astrológico para mi gusto —opinó Epifanía.

Eros siguió hablando como si no la hubiese escuchado.

—Observa. En aquel rincón se esconde un joven y bello amante: el copero de los dioses, que vertía vino en su jarro de oro y colmaba los apetitos sexuales de su protector: el poderoso Zeus. La esencia celestial de la pasión, que no distingue sexo ni estatus; el objeto pasivo de la lujuria, el amado. Por lo general es tímido y sólo asoma partes de su cuerpo; pero en ocasiones, como hoy, se arriesga y brilla con tal esplendor que resulta imposible ignorarlo.

—¿Tiene nombre?

—Ganímedes, el hijo del rey Tros.

La figura de Eros pareció agrandarse. Un halo de dignidad ceremonial acompañaba su papel de lector de estrellas.

—Más atrás, en esa constelación —continuó diciendo—, vive el dolor del exilio. La violencia de la moral puritana que reprime el deseo y destruye toda manifestación de afecto. A veces el exceso de virtud es una forma de crueldad. Allí reposa una ninfa morena que desafió las reglas de estricta pureza y decidió entregarse al ímpetu de un dios. Su embarazo fue considerado una ofensa al pudor y a la honra femenina y fue transformada en una osa y condenada a morir devorada por una jauría hambrienta. Pero el padre de la criatura la rescató y la puso entre las estrellas, el único lugar a salvo de sus detractores. Algunas noches, cuando el amor llega en forma de sueño, su hermoso pelaje nacarado se hace visible y sale a pasear, impúdica y orgullosa, para mostrar que aún está viva y seguirá así por siempre.

—¿También tiene nombre?

—*Kalliste*, "la más hermosa", la Osa Mayor —respondió Eros, mientras señalaba un nuevo lugar—. Y en aquel otro punto, delante de ese escorpión gigantesco, está plasmado el azar, las paradojas del destino, la envidia y la venganza. Todo está ahí, en la figura de un héroe que murió por equivocación a manos de una diosa que supuestamente lo amaba. La fatalidad inevitable de todo amor imposible: Orión.

Eros salió del trance y volvió a reconocer la presencia de Epifanía para concluir:

—Ése es el juego de las estrellas: ves lo que quieras ver.

Ella prefirió no rebatir la posición de Eros. No quería reconocer que en los últimos años su mente había perdido vuelo y estaba cada vez más anclada en un mundo carente de ficción. Para ella el firmamento no era otra cosa que una hilera de puntos brillantes y sin sentido. Tenía claro, al menos en teoría, que cada quien construye su propio significado (su padre se lo había inculcado desde niña: "Eres el arquitecto de tu propio destino", le dijo por primera vez a lo ocho años). Sin embargo, al llevar la vista al cielo no veía más que lentejuelas agrupadas, consecuencias físicas del *Big Bang*, desorden cuántico y curvas de probabilidad. ¿De qué idioma celestial hablaba Eros, si ella a duras penas podía reconocerse a sí misma?. Una oleada de tristeza la invadió y pensó: Alguna vez tuve amigos invisibles y hasta fui creativa, pero fue hace siglos, cuando jugaba en el parque de enfrente o dibujaba en las pesadas tardes de lluvia; ya no vuelo, ya no tengo alas... me las cortaste, papá...

Epifanía no quiso seguir con sus cavilaciones. El recuerdo le estaba haciendo daño y prefirió dar por terminada la tertulia. Lo acompañó hasta la puerta y le entregó una cobija y una almohada. Antes de retirarse, preguntó:

—A propósito: ¿qué signific *fainésthasis?*

—Todo a su debido tiempo —contestó Eros, mientras se acomodaba en el estrecho zaguán de la entrada, para dormir una noche sin sueños.

De dos razas distintas

Carlos era un yuppie de los pies a la cabeza. Toda su figura estaba impregnada por ese halo especial que caracteriza a los que han logrado el ascenso al poder de manera prematura. Oírlo hablar era un deleite para cualquiera que deseara transitar los vericuetos que conducen a la fama, o para aquellas mujeres deseosas de un varón con billetera abultada y buena apariencia. "Cuando obtienes las tres 'p'", solía decir con suficiencia, "todo está resuelto: poder, prestigio y posición. ¿Qué más puedes pedir?"

Era alto y apuesto, de pelo rubio ensortijado, ojos azules, tez blanca y rostro de niño bueno. Vestía a la última moda y sus modales eran parsimoniosos, calculados y siempre dirigidos a obtener algún tipo de beneficio, ya fuera para concretar un buen negocio, seducir a alguna dama o bajar al oponente de turno. Un toque de idoneidad lo acompañaba todo el tiempo, además de un poderoso computador donde aparecían histogramas de distintas formas y colores, bandas móviles mostrando alzas y bajas de las principales bolsas del mundo, y la hora simultánea de Tokio y Nueva York. En él confluían lo más insoportable de un narcisista y lo más cautivante de un seductor.

Carlos pedaleaba frente a un enorme espejo, mientras Epifanía se reponía de su rutina de ejercicios.

—Creo que fue un error meter a ese loco en tu casa. Te desconozco. ¿No decías que es mejor mantener a los intrusos lejos de la vida de uno?

—Me salvó la vida y, no sé... Me pareció correcto retribuirle.

—He pensado en contratar a un guardaespaldas por unos días. ¿Qué opinas?

El gimnasio ocupaba un tercio del apartamento y no tenía nada que envidiarle a cualquier centro especializado. Todo el lugar estaba cuidadosamente decorado para causar la impresión de excelencia y buen gusto. Epifanía observaba el balanceo rítmico y regular de Carlos, que se esforzaba por superar su propio récord. No parecía cansarse, nunca se cansaba. De pronto, la imagen de Andrés vino a su mente y la comparación fue inevitable: No son de la misma raza, pensó.

Carlos representaba la típica oveja con piel de lobo: intrascendente, mundano y predecible. Andrés era más misterioso e inquietante, quizás un lobo con piel de oveja que lograba desnudar la fragilidad que ella tanto intentaba ocultar; de alguna forma la desenmascaraba. No podía negar que había cierta química, y en ocasiones, un temblor de piel involuntario escapaba a su control cuando lo tenía cerca. Pese a todo, la sensibilidad humanista de Andrés le resultaba indescifrable. No entendía el amor incondicional que predicaban los de su corriente psicológica y sentía física aversión por las terapias de grupo que él dirigía, plagadas de abrazos y expresiones de afecto.

El encuentro más significativo entre ellos tuvo lugar una tarde, cuando Andrés la encontró leyendo en el parque que rodea al hospital psiquiátrico y se sentó a su lado. Intercambiaron información sobre algunos pacientes, hablaron del clima, el déficit hospitalario y una vez más del clima. Ella lo observó a plena luz y pudo descubrir algunas arrugas bien puestas, la viveza de sus ojos color miel y una vena indiscreta que le cruzaba la frente y se le hinchaba cuando reía. Supo que acababa de cumplir cuarenta y tres años, que estaba separado y que tenía dos hijos adolescentes. Durante media hora estuvo esquivando miradas, marcando límites y hablando apenas lo necesario para mantenerse alejada de su magnetismo masculino. Antes de irse, Andrés le dijo: "En estos dos años que te conozco, nunca te he visto sonreír ni reír. Cuando lo hagas, sabré que hay un espacio por donde entrar". Ese día Epifanía confirmó nuevamente que no hay nada más incómodo que la empalagosa sinceridad de los terapeutas humanistas.

Un frenético "¡Lo logré! ¡Bravo! ¡Lo logré!", la sacó del ensoñamiento. Carlos estaba frente al espejo, atrapado en el triunfalismo de su propia imagen: había batido la marca anterior y lo estaba festejando a lo grande, es decir, con él mismo. No cabe duda, pensó Epifanía, son dos especímenes muy distintos, de otra cepa o, quizás, alguna bifurcación evolutiva aún no detectada por los antropólogos. Él le hizo una sonrisa, como diciendo "no me he olvidado de ti", y ella le retribuyó la atención con un saludo igualmente insípido, mientras colocaba un disco compacto de Dulce Ponte, y pensaba: Es imposible, Carlos, por más que me lo propusiera, jamás podría amarte.

La semana anterior, mientras hacían el amor, lo había sorprendido mirándose en el reflejo del televisor apagado, gesticulando y haciendo caras. A Carlos le excitaba estudiar sus facciones de macho en pleno acto sexual. Como el personaje de *Psicópata americano,* manoteaba, gruñía, resaltaba sus músculos, emitía so-

nidos y ensayaba posiciones. Al mes de ver la película
(no fue capaz de leer el libro), todavía hablaba del
personaje principal: Patrick Bateman.

—¿Crees que te pareces a él? —le preguntó en
cierta ocasión Epifanía.

—Bueno... —respondió él, tratando de disimular
su admiración—. No en todo, pero hay ciertos rasgos
en común. Me gusta la buena vida, cuido mi cuerpo,
soy bueno en lo que hago, no soy feo... Sí, nos parece-
mos, pero no soy un asesino, ¡Dios me libre!

Ahora Carlos la abrazaba con la inconfundible
premura de sus deseos matutinos y, como tantas otras
veces, deslizó sus labios ásperos por el cuello lánguido
y desnudo de Epifanía, quien dejó caer la cabeza hacia atrás como una presa resignada a su suerte. Él arre-
metió con el jadeo pesado y desordenado de siempre,
el aliento a jugo de naranja y el olor dulzón del sudor,
mezclado con el aroma a "Santos", de Cartier. Ella se
dejó llevar por el lamento de "Lágrimas", que Dulce
Ponte dibujaba con su voz en cada trozo de piel aca-
riciada, y aceptó el cuerpo de Carlos, sus dedos, su
lengua, la pesadez mojada de sus besos, la exaltada
cadencia de sus glúteos y el alivio de la mirada ausente. Se entretuvo contemplando las pequeñas estrías de
su antebrazo, la textura del decorado y las imperfec-
ciones de las paredes, que parecían cada vez más blan-

cas y distantes. Minuciosa y ajena, se extravió en la maraña de sus propios pensamientos, hasta que una exhalación quejumbrosa interrumpió su viaje y la incrustó de nuevo en aquel cuerpo extraño. Luego, desnuda y libre, se volteó y, sin que pudiera evitarlo, la imagen de Andrés surgió otra vez, limpia y refrescante, como una arboleda en el desierto. A su lado, Carlos empezaba a hacer flexiones.

El arte no nos pertenece

Pese a los reproches de Carlos, y haciendo gala de la más tremenda testarudez, Epifanía decidió invitar a Eros al Museo de Arte Moderno, donde se presentaba una exposición retrospectiva de la obra escultórica de Henry Moore. Lo más selecto de la crítica y la plana mayor de los inversionistas en arte iban a estar presentes.

Por alguna extraña razón, ese día el aspecto de Eros había sufrido ciertas modificaciones que no estaban en los planes de Epifanía: parecía otra persona. Cuando hizo su aparición en el auditorio, no pasó desapercibido: el pelo estaba recogido hacia atrás en forma de cola de caballo y adornado con una guirnalda de laureles; de cada ceja asomaban tres aretes dorados; sus ojos estaban pintados al estilo egipcio, con abundante rímel, delineador y sombra gris en los párpados. Llevaba la vestimenta de siempre, a excepción de una gruesa cinta de raso color púrpura que hacía las veces de cinturón; su gesto era el de un niño travieso dispuesto a delinquir.

Epifanía hizo de anfitriona.

—Carlos, éste es Eros.

Carlos presentó un saludo obligado. Eros abrió la boca, sacó la lengua, echó la cabeza hacia atrás como si estuviera haciendo gárgaras, sacudió los hombros y respondió el saludo:

—Me da mucho gusto conocerte. Estás muy guapo, ¿sabías?

Carlos apartó la mano de inmediato y llamó aparte a Epifanía:

—¡Por Dios, cómo se te ocurre traer a semejante loco! ¡Vamos a ser el hazmerreír de la reunión!

—No tengo idea de por qué se vistió así, pero no te preocupes, si hace algo inadecuado me lo llevo inmediatamente a casa. Confía en mí...Ya te dije, lo vi tan solo y triste que me dio lástima.

—Después tenemos que hablar de esto —dijo Carlos apuntado a Epifanía con el dedo.

Eros se paseaba entre los asistentes con total desparpajo. Casi todos lo saludaban y después buscaban en el catálogo de artistas tratando de ubicarlo. Un grupo de señoras le abrió un espacio y se hizo con ellas.

—¿Cuál es su nombre? —le preguntó la primera.

—Eros.

—Eros ¿qué? —dijo la segunda.

—Sólo Eros.

—Ya veo, es el nombre artístico —afirmó la tercera.

—Perdón, ¿su acento de dónde es? —preguntó la cuarta.

—Nací en el Mediterráneo —contestó Eros.

—Como Serrat —comentó una, y todas estallaron en risa.

La primera señora, de pelo teñido, regordeta y con los cachetes exageradamente rojizos, volvió a interrogar:

—¿Está exponiendo alguna obra o...?. No, ya sé, es crítico de arte, ¿verdad? Tiene esa mirada inconfundible, sagaz y penetrante que desnuda. Cuéntenos, ¿de qué escuela es?

—De la calle —respondió Eros con naturalidad—. Mi madre era indigente y mi padre, un refinado magnate, exageradamente mundano que nunca me ha querido; soy un bastardo, como dicen. De ahí proviene mi sensibilidad hacia el arte, de los vómitos de la abundancia y los excrementos de la miseria. Ambos se entremezclan en lo más profundo de mi ser y desde ahí pasan a la piel —Eros olió sus axilas; y convidó a los demás—. Perciban este aroma... ¡Ah, qué delicia! El sudor siempre tiene un encanto particular difícil de aceptar. Es maravilloso estar en contacto con los propios fluidos.

Las señoras mostraron cierto interés en la historia hasta lo de las axilas. A partir de ahí fueron escabulléndose una a una, a excepción de la más joven, una cabeza rapada vestida de negro, que hallaba el discurso de Eros sencillamente fascinante.

Epifanía, que estaba departiendo con unos amigos sobre la obra de Moore, levantó la mano y le hizo señas a Eros para que se acercara. Éste se despidió de la mujer con un beso en la nariz y se dirigió al grupo.

—¿Te estás divirtiendo? —preguntó Epifanía.

—Muchísimo —respondió Eros.

Después de las presentaciones del caso, continuaron con el tema que traían. Un señor de bastón y corbatín, muy elocuente y expansivo, como salido de un folletín de los años treinta, estaba en uso de la palabra:

—El panteísmo de Moore se hace evidente a lo largo de toda su producción. Por ejemplo, las *Figuras reclinadas* pueden recorrerse como si estuviéramos desplazándonos por montañas de suave sinuosidad.

—Es claro que hay una referencia a la Madre Tierra y en especial a la imagen de la mujer arquetípica, que llega como una reminiscencia de Carl Jung —dijo alguien con barba y cara de psicoanalista.

Un hombre de edad, de apariencia modesta y que pronunciaba algunas 's' como 'sh', intentó hablar:

—Yo piensho que la eshencia...

—Es verdad —interrumpió el individuo del corbatín—. Y tampoco podemos negar que la escultura abstracta de Moore es casi toda biomórfica. Es un biomorfismo salvaje, duro y áspero, que logra subsumir aspectos relevantes de aquella vitalidad primordial tan común en el arte negro, mexicano y griego: la costra terrestre.

Todos aplaudieron al que parecía ser una Biblia en la materia. El señor que hablaba raro hizo un nuevo intento:

—Si lo miramos ashí, deberíamos ashumir que...

El erudito volvió a ignorarlo, levantó el bastón, dio un paso cortesano y con una leve genuflexión señaló un objeto de forma cilíndrica, hueco, con tres puntas que se unían hacia adentro, y dijo en tono solemne:

—Otra vez, la mujer presente.

El grupo se desplazó de inmediato y rodeó la escultura.

—*Tres puntas*, hierro fundido de 1939/1940 —continuó hablando—. He aquí la máxima expresión del erotismo en apenas treinta centímetros. Inspirada en la forma del seno y en el pezón de Gabrielle D´Estrées, donde se aproximan los delgados dedos de su hermana, también desnuda, la duquesa de Villars, en el conocido cuadro de 1594, de la segunda escuela de Fontainebleau.

Uno de los organizadores manifestó su admiración ante tal elocuencia y la mayoría de los asistentes aprobaron la aseveración, esta vez con un "Oh", largo y expresivo, de sincera admiración.

En ese momento, Eros comenzó a inclinar el torso tratando de buscar otro punto de vista. Primero se agachó, luego gateó, y finalmente quedó acostado en el piso, boca arriba. No satisfecho, se paró sobre las manos, comenzó a desplazarse hacia el objeto como un contorsionista y así permaneció durante unos minutos.

La gente miró a Epifanía tratando de hallar alguna explicación a semejante conducta, pero después se dejaron llevar por la curiosidad y se aproximaron a Eros, que estaba con sus pies hacia el cielo y diciendo "no" con la cabeza. Carlos hacía todo tipo de gesticulaciones, pero lo que en realidad trataba de decir es: "Lo voy a matar". Finalmente Eros se incorporó y, dirigiéndose al experto, preguntó:

—¿Sheguro que esh ashí?

Esta vez todos miraron al señor de la "sh", el cual no se dio por aludido.

—¿Dónde eshtá el pezón exactamente? —insistió Eros.

—Aquí —señaló el hombre con la punta del bastón—, en la conjunción de las formas indeterminadas donde se reestructura el cóncavo y convexo.

—¿Eshtá totalmente sheguro? Porque yo no lo veo... Me habría gushtado verlo...

El de la 'sh' seguía inmutable. La respuesta del perito no se demoró en llegar:

—El arte abstracto no debe ser figurativo, porque lo que busca es ir más allá de lo evidente, de lo obvio o de lo burdo —afirmó con voz grave.

—Me pregunto si son burdos el dorso de la *Koré* de Lyon o las *Korés* de la Acrópolis —respondió Eros con un gesto de aparente humildad.

—Caramba, veo que tenemos aquí un experto en arte griego —dijo el experto quitándose una pelusa de la manga—. ¿Quiere usted comparar, joven, lo antiguo con lo moderno? No tiene sentido, son dos épocas, dos estilos, no podemos quedarnos anclados al pasado, el arte evoluciona. Dígame, cuando usted decide comprar una obra de arte, si es que lo hace, ¿qué criterio utiliza?

—No tengo recurshos económicos, pero si losh tuviera, no lo haría.

—Le cambio la pregunta: si no es por la apreciación estilística, ¿cómo sabe si una obra de arte le gusta?

—No lo *shé*, lo *shiento*. Se me inflama el colon. Generalmente la parte del inteshtino gruesho. Aquí. Toque, véalo por usted mismo. Ponga la mano.

El señor dudó un instante, pero ante la presión de sus seguidores, no tuvo más remedio que aceptar el reto.

—Preshte atención —continuó diciendo Eros—. Voy a obshervar aquella eshcultura: el *Guerrero para maqueta de Gloshar*. Bien, ¿qué nota en mi abdomen?

—Es verdad, se movió un poco.

—¿Vio? Ahora voy a dirigir la atención a la empuñadura de su bashtón, que es una réplica en miniatura del *David* de Miguel Ángel. Vuelva a poner la mano, aguarde y verá lo que shucede...

A los pocos segundos el hombre retiró la mano y trastabilló hacia atrás.

—Sí, sí... Se hinchó y se calentó... Y ¿qué quiere demostrar con esto?

—Que el arte shólo puede atraparse con los shentidos —e hizo un gesto como si estuviera atrapando una mosca al vuelo—. Esh la *áisthesis*, la estética captada por la shenshación. Ushted no puede hacerla shuya y capturarla completamente si la shomete a la razón. Hay que dejar que ella se expreshe con libertad para que la podamosh captar en toda su grandeza. A veces la capacidad de análishis nos impide shentir y ver con todo el cuerpo: ¡VER!...

Eros trató de recuperar su compostura, hizo el gesto de quitarse una pelusa de la maga y continuó su explicación:

—Me agrada Moore, pero no me apashiona como el *David*. Por eso al ver la copia de su bashtón, ashí sea burda, se activa el original que está guardado en mi corazón y entonces mi sher percibe la verdadera belleza: la cosha en sí, la eshencia que va más allá del penshamiento y no depende de las convenciones ni de los acuerdosh, sencillamente, lo natural.

—Demasiado antiguo y romántico. Usted no está considerando el proceso creador del artista, el inventor, el que logra darle forma a la idea por medio de la técnica. Ellos son, y no la naturaleza, los productores de la obra. Es más transpiración que inspiración, jovencito.

—El arte no she inventa, sheñor, se deshcubre. Está dishponible para que de tanto rashgar la realidad lo encontremos. Es una manifestación de la divinidad que she proclama a través de lo humano. Somos la excusa para que los dioshes hablen.

—¡Absurdo! Entonces, ¿quiere que salgamos a la calle y regalemos las obras?

—No es mala idea. Hubo un tiempo en que el arte formaba parte de la ciudad y no eshtaba encerrado en museos. La *polis*, la comunidad entera, feshtejaba lo que era shuyo, no se admiraba a la pershona sino a la obra. El arte no tiene dueño ni autoría, el *kremata*, dinero, lo ha vuelto corrupto.

Acto seguido y ante la mirada atónita del público, se agachó, abrió las nalgas y soltó una flatulencia estruendosa, directo a la cara de su interlocutor, quien trató de protegerse levantado el bastón como un espadachín en desgracia.

La multitud observante enmudeció. Carlos se escondió en uno de los baños, la señora de los cachetes rojizos se desplomó en brazos de un camarero, quien dejó caer una copa de vino y salpicó a Epifanía, que despertó de su desconcierto y de inmediato se llevó a Eros lo más lejos posible para que no lo lincharan. Al salir, el fulano de la "sh" los alcanzó:

—Joven, no lo conozco ni shé quién es ushted, pero quiero decirle que por primera vez en mi vida me shentí normal. ¡Grashias! ¡Grashias!

Eros extendió la mano y tocó el rostro de aquel hombre con ternura.

—Que losh dioshes te protejan— alcanzó a decir,

antes de que Epifanía arrancara el automóvil con un fuerte chirrido de llantas.

Durante el trayecto nadie pronunció palabra. De vez en cuando ella dirigía una mirada de reproche a Eros, quien dormía y roncaba como si nada hubiera pasado. La asaltaba la duda. ¿Se había equivocado respecto a él? Podría tratarse de un caso de personalidad múltiple, o quizás Carlos tenía razón al decir que se había apresurado en darle posada. El comportamiento de Eros había sido francamente atrevido e irrespetuoso; sin embargo, pese a todo, no podía negar que compartía algunas de sus observaciones. Por ejemplo, no dejaba de reconocer que la mayoría de sus cuadros habían sido adquiridos más por inversión que por gusto y que en muchas ocasiones la moda podía más que la decisión personal. Papá lo hubiera aplaudido, pensó.

Al llegar a la casa, lo dejó durmiendo en el auto y se acostó. Por todos los medios a su alcance intentó mantenerse ofendida y enfadada, sinceramente lo deseaba, pero antes de media hora Eros ya había sido absuelto, sin el menor rastro de rencor.

Eros y las cigarras

Amanecía y extrañamente los pájaros no cantaban. El canario que visitaba regularmente la ventana de su dormitorio hoy estaba callado y sus movimientos parecían más lentos que de costumbre. El *tic tac* del reloj sonaba pesado, el piso no crujía y las cañerías estaban mudas. Epifanía sintió miedo y se quedó inmóvil, paralizada en la mitad del cuarto, tratando de captar cualquier sonido que la sacara del letargo. Afinó el oído, trató de excluir la interferencia de sus otros sentidos, pero tampoco obtuvo respuesta. Quiso asegurarse de que no estaba dormida, se pellizcó y se habló a sí misma en voz alta, pero el mundo seguía hueco y vacío.

Al rato, cuando ya empezaba a dudar de su cordura, alcanzó a percibir con alivio un rumor proveniente del techo, que luego creció en intensidad hasta transformarse en un zumbido ensordecedor. Se asomó por la ventana pero no alcanzó a divisar el lugar de donde provenía el ruido. Bajó al jardín, caminó hasta el fondo, se trepó a una pequeña escalera y entonces pudo ver lo que ocurría: En una especie de trance, Eros estaba sentado sobre el techo, con los ojos fijos en el naciente sol y rodeado de cientos de cigarras que giraban a su alrededor formando un remolino electrizante de colores tornasolados y vivaces. Todos los sonidos del universo parecían confluir en aquel murmullo punzante y prodigioso.

Al cabo de un tiempo imposible de determinar, la aglomeración se despejó hasta disolverse y el coro de cigarras cesó su canto abruptamente, como si un director invisible hubiera indicado el final de la melodía. Sólo en aquel instante, los rayos desbordaron el horizonte e iluminaron vivamente la casa, el cuerpo recogido de Epifanía y la figura de Eros, que seguía exánime, en lo alto del tejado.

Exageradamente hormonal

Todos los jueves almorzaba con su madre y su hermana Sandra. Considerando el poco contacto que mantenía con ellas, los almuerzos eran una forma de reparar la ausencia y expiar la culpa, aunque a veces no fueran del todo placenteros.

En las últimas reuniones habían salido a relucir viejas disputas y enfrentamientos sobre el inacabable tema del amor y el desamor, cosa que desagradaba profundamente a Epifanía, que pensaba que los encuentros estaban tomando un matiz melodramático y, en sus palabras, "exageradamente hormonal". Últimamente las visitas parecían un funeral interminable, donde cada una de las anfitrionas trataba de enarbolar el duelo de su pérdida. De un lado, el ritual obligado de doña Elisa, que cada jueves intentaba hacer un perfil *postmortem* de su difunto marido, y de otro, la encarnizada tristeza de Sandra debido a la reciente ruptura con su amante, de la cual no había podido reponerse pese a todas las ayudas recibidas. En el ambiente no había música, apenas alcanzaba a oírse el murmullo de una radio lejana.

—¿No ha llegado Sandra? —preguntó Epifanía.

—Está en su cuarto, ya sale —balbuceó Elisa, dejando entrever su preocupación.

—¿Qué pasa? ¿Sigue deprimida?

—Sí... Ese hombre...

—Otra vez lo mismo... No lo culpes solamente a él, ella sabía que estaba casado.

—Pero él la engatusó. La vio sola, con su problema... y se aprovechó...

—No olvides que tú fuiste su principal patrocinadora. Cuando lo conociste te pareció un "buen muchacho" y estabas muy segura de que él iba a separarse de su mujer. Ya es hora de que dejes de compadecerla y tratarla como a una niña especial.

—Parecía tan sincero...

—Los hombres no se separan, mamá. Las mujeres son las que los echan y parece que la esposa no quiere hacerlo.

—Pobre Sandra, al dolor físico ahora hay que sumarle el psicológico.

Sandra nunca había tenido novio. A los trece años, cuando participaba en un torneo de equitación, el caballo en el que montaba tropezó y cayó aparatosamente sobre ella, produciéndole lesiones múltiples: fracturas de cadera y cabeza del fémur de la pierna izquierda y del brazo del mismo lado con compromiso del nervio radial. Desde entonces, luego de penosas cirugías, Sandra quedó con una pierna más corta, la mano caída y un dolor crónico a nivel del glúteo, que intentaba sobrellevar con fisioterapia continua. Según Epifanía, el accidente no era una excusa válida para la dependencia emocional de su hermana. Una vez le dijo: "Aprender a perder con inteligencia es un privilegio que les está vedado a las mujeres enamoradas, y tú no sólo estás enamorada sino encartada". Y éste fue otro motivo de pelea.

Sandra tenía veintisiete años, pero aparentaba más de treinta. Sus ojos apagados delataban la pesadumbre de un mundo interior problemático e indescifrable. Un dejo de melancolía la emparentaba irremediablemente con Epifanía y doña Elisa, como si la genética de lo exhausto las hubiera marcado por igual.

Hubo una época, antes del accidente, en que Sandra brilló como un sol (la más bonita, decían los abuelos maternos, y la más inteligente, afirmaban los paternos), pero se fue opacando como un eclipse. Hoy sólo quedaba el rastro de una bella sonrisa que de vez en cuando asomaba tímidamente y contra su voluntad. El hombre de su vida, literalmente el único, había pasado a ser el último, el único último, el peor de los últimos, y ella no quería aceptarlo. La había dejado sin ninguna consideración. No hubo compasión ni explicación ni nada, sólo deserción.

Las tres se sentaron a la mesa y al igual que en otras ocasiones, el puesto del padre ausente quedó manifiestamente desierto. Epifanía no pudo evitar mirar el lugar donde antaño él servía la comida y hablaba de las recetas de un bisabuelo que nunca existió y de las relaciones entre alquimia y comida. Sandra estaba enfrascada en sí misma y doña Elisa trataba de poner algún tema de conversación liviano, para evitar una confrontación que se veía venir.

—¿Por qué no cambias de cara, así sea mientras comemos? —le dijo Epifanía a Sandra.

Elisa intentó hablar del matrimonio de una sobrina, pero nadie le prestó atención.

—Entiendo que estés mal —continuó diciendo Epifanía—, pero debes ayudarte un poco. Piensa también en mamá, ya es hora de que ella descanse.

Los ojos de Sandra se encharcaron de inmediato, como si se hubiera abierto la compuerta de un dique. Intentó decir alguna cosa, pero la voz se quebró y debió aguardar unos segundos hasta recuperar el aliento. Finalmente habló:

—No creas que es tan fácil... No se deja de querer a alguien por pura voluntad... Cuando lo intentas, duele aquí... —y señaló el pecho—. ¿Es tan difícil de entender?

—Yo sé de qué hablas, yo sé qué se siente... —confirmó Elisa, compasiva y cálida.

—Entonces siéntense a llorar las dos y a compadecerse mutuamente —replicó Epifanía.

—No seas tan dura, hija. Acuérdate cuánto sufrimos cuando falleció tu padre. Es inevitable...

—¿Qué es inevitable? ¿Ser doliente de por vida y levantar un altar a la memoria del muerto? En esta casa todo está igual a cuando estaba papá. Todavía huelo su perfume. Aunque no les guste, la vida debe seguir.

—No me resigno, ni lo voy a hacer... Quiero entender... —manifestó Sandra, tratando de contener el llanto.

—No hay nada que entender —aseveró Epifanía—. Te dejó, simple y llanamente prefirió quedarse con sus hijos y su mujer, pudo más la historia. Te abandonaron como lo hacen a diario con millones de mujeres en todo el mundo. Así son las cosas, bienvenida al mundo de los normales.

—No me hables de *la* vida como si fueras experta

en el tema. Tú no has tenido que soportar esta quemazón ni el peso de un cuerpo lisiado. No sabes lo que es evitar ir a un baile o esconderte del muchacho que te gusta porque te avergüenzas de ti misma. ¿No será que tú eres la cobarde, la que prefiere seguir con el idiota de Carlos a conocer un hombre que valga la pena y puedas amar? Para ti es cómodo el desamor, ¿verdad?

—¿No estás cansada de tenerte lástima? —recriminó Epifanía ofuscada—. Te engañaron, te mintieron, ¿no es suficiente? ¡Sácalo del corazón, sácalo y tíralo a la basura! El amor no se suplica ni se pide...

—Ni se niega, ni se reprime, ni se oculta... —respondió Sandra, antes de levantarse bruscamente de la mesa y encerrarse en su cuarto.

Las facciones de Epifanía permanecieron inalterables y fríamente inexpresivas, como un rostro tallado en piedra. Elisa atrapó una lágrima al vuelo con el pañuelo y dejó escapar un lamento que sonó a súplica.

—¿Por qué eres tan dura con ella?

—Lo necesita... ¿No lo entiendes, mamá?... No te merece quien te lastima...

—Puede que tengas razón, pero ella sufre.

—Todos sufrimos... Tú también sufriste una vida entera con papá...

—¿Cómo se te ocurre? ¿Qué estás diciendo? Yo fui la mujer más feliz del mundo a su lado.

—Fuiste su apéndice... —Epifanía se contuvo, no quería herirla—. Mejor no sigamos hablando.

—Yo fui feliz, muy feliz...

—Eras dependiente, mamá. Mirabas por los ojos de él. Te dominaba... A él le gustaba que fueras sumisa.

—Yo *quería* ser así. Fue mi elección y eso también es digno, ¿no crees?

Epifanía recordó una de las frases preferidas de su padre: "Tengo tres hijas y con una de ellas me casé". Ahora, mientras observaba a su madre levantar los platos de la mesa con la prolija resolución de quien está ejecutando una misión trascendental, pensó: Pobre mamá, tanto amor, tanta añoranza y, ¿para qué? ¿Cómo pudiste abandonarla, papá? ¿Cómo, si te entregó hasta el último aliento de su existencia?

Epifanía no había permanecido inmune a esta historia de desamor y abandono. A los seis meses de muerto su padre, cuando apenas empezaba a elaborar el duelo, el novio de toda la vida resultó en amoríos con su mejor amiga, y al año, sorpresivamente, se casaron. La doble traición le arrebató el último aliento de esperanza. El panorama de desolación se completó un año después, cuando supo la verdad oculta sobre el accidente de su padre. En ese momento decidió acabar con todo vestigio de ilusión y juró que nunca más entraría en el juego del amor, si no tenía el control total. Se prometió apaciguar sus estados internos hasta volverlos minúsculos, famélicos y, claro está, manejables.

La familia de las abandonadas, ¡qué patético!, se dijo a sí misma mientras bajaba por el ascensor.

Escucha al amor

La reunión fue en el "Árbol de la vida", un restaurante de comida vegetariana que quedaba en la Calle de los brujos, famoso por sus platos elaborados a base de soya y fríjoles. Dudó mucho antes de recurrir a Tatiana, que no era precisamente el mejor exponente del escepticismo y la objetividad, pero no podía explicar de manera científica lo que le había ocurrido el día de las cigarras y quería otra opinión, una más abierta y arriesgada.

Recordó por un momento la sensación que le produjo leer *El Aleph,* de Borges, y los efectos especiales de la película *Matrix.* Aunque le costaba reconocerlo, aún guardaba la candorosa fantasía infantil de que algo así podría sucederle, que el cielo se abriera con un cierre y unos cuantos gigantes simpáticos y risueños hicieran su aparición y confesaran arrepentidos que la vida no era otra cosa que un mal chiste.

Aquella misteriosa mañana en que el amanecer pareció detenerse, su limitada conciencia pudo tocar el rostro de lo desconocido. Aquel día, en un abrir y cerrar de ojos, pudo comprender que cada objeto y cada persona estaban exactamente donde debían estar, cumpliendo un papel intransferible. Percibió que el espacio era circular y que ella no era otra cosa que una prolongación infinitesimal del tiempo. Reprodujo todas las etapas de la evolución humana desde que la vida apareció en el planeta hasta el día de su destrucción; pudo oler el fango de los pantanos africanos y percatarse de la respiración pesada del almendro. Visitó el sol montada en un carro de fuego y lloró cien mil atardeceres. Besó el rostro de una pantera y dio a luz una mariposa que le dijo adiós; en lo más íntimo de su ser, sintió que el cosmos la había poseído como si éste fuera un organismo vivo reproduciéndose a sí mismo. No obstante, ahora todo estaba confuso y cuando intentaba explicarlo, caía en cuenta de las limitaciones del lenguaje y la imposibilidad de transmitir lo que en verdad experimentó.

—Y, ¿qué pasó después de que las cigarras se fueron? —preguntó Tatiana.

—Eros se dio cuenta de mi presencia y me sopló.

Sé que suena extraño, pero fue así. Me sopló como si estuviera apagando una vela, quizás lo que quería era que no me acercara, no estoy segura. Pero sentí que su aliento me alcanzaba, pese a la distancia, y me impedía avanzar.

—Dios mío... —atinó a decir Tatiana.

—Después lo encontré sentado debajo del roble. Me hice a su lado y solté todos mis interrogantes en desorden: ¿Qué pasó exactamente? ¿De dónde salieron las cigarras? ¿Por qué el tiempo se volvió tan lento? ¿Realmente se detuvo el sol hasta que terminara la canción? En fin, lo apabullé a preguntas.

Epifanía hizo una pausa, aclaró la garganta y tomó un nuevo aire. Sentía la necesidad de hablar y desahogarse:

—Palabras más, palabras menos, esto fue lo que me dijo: "Hay ocasiones en que la vida quiere cantar, entonces llama a las cigarras, porque ellas encierran lo más bello y lo más triste de la experiencia humana". Le pregunté por qué las cigarras y no los gorriones, los canarios o las gaviotas. Por qué un insecto, que no parece ser el mejor exponente musical que haya dado la naturaleza.

—Tienes razón, ¿por qué las cigarras?

—Entonces me contó dos historias. Resulta que cuando nacieron las musas y entonaron sus canciones, algunos hombres se enamoraron apasionadamente del canto y fue tal su fascinación por cantar, que olvidaron alimentarse y murieron de hambre. De ellos nacieron las cigarras. Por su parte, las musas quedaron tan maravilladas y agradecidas que les concedieron el privilegio de no tener que comer y beber nunca más, para que pudieran dedicarse totalmente a la canción. Por eso son insectos, ¿ves?

—¿Y la otra historia?

—Es sobre una diosa primitiva que representa la aurora, no recuerdo el nombre, creo que se llamaba Eos. De dedos rosados y túnica de color azafrán, fue condenada por Afrodita a sentir un deseo incontenible por los jóvenes mortales. En cierta ocasión se enamoró tanto de uno de sus amantes que le pidió al padre de los dioses la inmortalidad para su amado. Pero en el afán, se olvidó de pedir también la eterna juventud para él. Así que el hombre fue envejeciendo día a día, cada vez más canoso y encogido. Con los años su voz se hizo chillona y ronca, y la diosa decidió encerrarlo en su palacio, donde se convirtió en una cigarra.

—Es muy triste —comentó Tatiana con pesar.

—Por eso, cuando la vida canta a través de las cigarras, la alborada se detiene un momento para evocar aquel amor envejecido que todavía se lamenta.

Epifanía quedó suspendida en el recuerdo de aquellas vivencias y por unos segundos tuvo la impresión de que todo estaba claro:

—Ese día yo también me detuve, pero mi conciencia siguió activa, sensible a cuanto me rodeaba. Eso fue lo que pasó.

—¡Tuviste una experiencia mística! ¡Es maravilloso! ¿Y qué pasó después? Continúa, continúa... —comentó entusiasmada Tatiana.

—Eros subió al roble con una agilidad felina, se recostó en la rama más gruesa y comenzó a sacudir su cuerpo... Había cierta sexualidad en sus movimientos... Después, como si hubiera caído en cuenta de algo importante, se detuvo y me dijo: "Durante muchos años de tu vida has escuchado la mente, ahora deja hablar al corazón, escucha al amor". Y no dijo más. Esos son los hechos, ¿qué opinas?

Tatiana estaba encantada con el relato y el personaje, pero desconocía las respuestas: no parecía un ángel, tampoco un fantasma; estaba lejos de ser un loco y además no entraba en la definición de normalidad socialmente aceptada. Luego de pensar cuidadosamente la respuesta, concluyó:

—No sé, estoy confundida, pero sea lo que sea, no es malo.

Epifanía estaba absorta en sus pensamientos. Dentro de su mente sólo había lugar para una frase, que de manera insistente y contra su voluntad se repetía una y otra vez: *escucha al amor, escucha al amor, escucha al amor...*

Los pacientes

"Él me obliga y a mí no me nace. ¿Cómo me va a provocar a mis setenta años?", decía la mujer. "Porque una cosa es el amor y otra el sexo desaforado. Además, tener que hacer el amor sobre el mesón de la cocina es el colmo. No sólo tengo que aguantármelo encima mío como un animal fuera de control, soportar que me unte de semen... A propósito, doctora, ¿hasta qué edad siguen produciendo esperma los hombres? ¡Éste ya va a cumplir ochenta y sigue como si fuera una lechería!... Bueno, como le decía, no sólo tengo que soportar todo esto, sino que también me pide que lo excite. ¡No, no y no! ¡Me niego a ser objeto de este maniático sexual!"

Mientras la escuchaba, Epifanía se preguntó de dónde sacaría la anciana tanta energía para pelear las veinticuatro horas. El esposo permanecía en la silla contigua, cabizbajo, como un niño regañado y avergonzado, porque había quedado al descubierto. Sólo se limitó a levantar los hombros y a expresar que él no tenía la culpa de ser libidinoso. La cita se dio por terminada y luego de algunas recomendaciones generales sobre el Viagra, los ancianos salieron por la puerta tomados de la mano. La guerra y la paz, segundo a segundo, durante toda una vida: ¿Tiene sentido?, se preguntó Epifanía, mientras hacía seguir al siguiente.

Ahora entraba doña Marcela, una señora robusta que sufría de depresión, a quien la palidez y las ojeras la delataban. El marido le había sido infiel durante años, con algunos momentos de tregua entre una amante y otra, pero reincidente hasta morir. Doña Marcela aún deshojaba margaritas y esperaba de manera persistente e irracional el milagro de la resurrección amorosa, o mejor, la rehabilitación. Tanto apego y humillación generaban en Epifanía un profundo rechazo, que obviamente trataba de disimular. En una ocasión intentó remitirla a un colega, pero doña Marcela se negó rotundamente a ser transferida. Esa vez le dijo en tono firme: "Ni lo piense, doctora, usted es la mujer más dulce y amable que he conocido. Usted me da fuerzas para seguir adelante, no pienso renunciar a su ayuda".

En realidad no era la primera vez que sus clientes manifestaban este tipo de adherencia. Pese a tener fama de dura, sincera y directa, paradójicamente mucha gente la buscada por su "gran calidez humana"; su lista de espera se hallaba repleta de personas necesitadas de comprensión y amor.

Doña Marcela se fue muy agradecida y dijo que había sido una de las mejores citas, porque hoy, al fin, había comprendido la esencia del problema. Epifanía no recordó haber dicho nada distinto al repetitivo y sistemático: ¡Déjelo de una vez, que no le conviene!

Al finalizar la tarde llegó Gustavo. Era un hombre de baja estatura, manos pequeñas, sudoroso, prevenido, agrio y obsesivo. Era jefe del departamento de control de calidad de una empresa de ropa interior y el terror de los que trabajaban en la planta. Meticuloso, cruel y exigente como pocos, podía echar del trabajo a un subalterno sin el menor asomo de lástima, o aplicar una sanción disciplinaria con la vehemencia y la convicción del más estricto inquisidor. Sin embargo, Gustavo tenía un terrible problema, un lunar en esa sólida imagen de hombre fuerte e inconmovible: su esposa. El motivo de consulta era dramático: "Mi esposa me pega, doctora, me maltrata física y psicológicamente, reconozco que le tengo miedo y no sé qué hacer".

La señora nunca había querido asistir a las citas, pero por lo que contaba Gustavo era muy probable que ella disfrutara de su papel de "esposa verdugo". La verdadera razón del castigo era que la mujer quería tener un hijo y los espermatozoides de su marido eran pocos, lentos y tímidos. Mientras él hablaba, Epifanía se preguntó qué tan grande podría ser la temible mujer y recordó una escena de Charles Chaplin, en la que una gigantesca dama de sombrero lo zarandeaba como un fantoche. La imagen le resultó tan grotesca como Gustavo.

Al terminar la cita, él empinó su limitada anatomía, le dio un beso en la mejilla y con lágrimas en los ojos le agradeció efusivamente: "No sabe de cuánto me ha servido su ayuda, usted es la única persona que confía en mí y me acepta como soy... Gracias, gracias". Epifanía asintió con la cabeza y despidió al hombre con una palmada. Ya a solas, sin testigos y mientras observaba la silla vacía al otro lado del escritorio, se quejó en voz alta de lo que parecía ser un karma: ¿Por qué me tiene que pasar esto a mí? ¿Por qué?

Luego, cuando se dirigía a su casa, en plena carretera y escuchando a Sabina cantar "Ponme un trago más", repasó los pormenores de los pacientes que había atendido en el día... Mientras la ciudad quedaba atrás, por primera vez en muchos años se sintió culpable.

Las alas del alma

La tarde lluviosa invitaba al recogimiento. La música ocupaba cada recoveco de la biblioteca, se derramaba en cada trozo de madera oscura y subía por la fila de libros apilados. Estar ahí, después de una larga jornada de trabajo, abandonada a la gravedad de su propio peso, estirando y moviendo perezosamente los dedos al compás de la música, era un deleite merecido para Epifanía.

Eros, intrigado, observaba tres grabados cuyo contenido versaba sobre el mismo tema: mujer y árbol. En el primero de ellos, una ninfa desnuda surgía desde adentro de un almendro florecido y frente a ella, arrodillado, su amado le daba la bienvenida. Era una réplica de la célebre pintura de John Waterhouse, de principios del siglo XX, *Filis y Demofonte*. A su lado

colgaba una copia de la fotografía en blanco y negro
de Annie Brigman, *La dríade*, de la misma época que
la anterior, donde una joven mujer aparece agazapada
en lo alto de un árbol, en una actitud libre y desafian-
te. La fila se completaba con una reproducción de
Raíces, de Frida Kahlo, en la cual la autora es atravesa-
da por una viña impregnada por su propia sangre, como
un homenaje a la fertilidad y a la vida.

—Tres prototipos de mujer, ¿no es así? ¿Con cuál
te identificas? —preguntó Epifanía.

—No sé... —respondió Eros, mientras repasaba las
obras—. Todas tienen su encanto, todas están conec-
tadas a los árboles. Una, a través de la maternidad y el
dolor, otra, por el salvajismo natural de la independencia... Pero me quedo con la más tradicional, en el
almendro está representada la esencia misma del
amor.

—¿Por qué la esencia? Una mujer saliendo de un
árbol y su Romeo apostado con cara de asombro. ¿No
te parece un poco cursi? Me recuerdas a un crítico de
arte que conocí, de bastón y corbatín...

—Hay otra manera de verlo.

—¿Cuál?

—La transformación, la metamorfosis. La esencia
de la que hablo tiene que ver con el principio de la
permanencia universal. Su enunciado dice que el ver-

dadero amor nunca se acaba, sino que cambia de ropaje, se muda, pero jamás muere.

—No creo que exista un amor así. Es otra quimera de la Nueva Era.

—Quizás no, el mito dice otra cosa.

—Me gustaría escucharlo, ¿qué dice?

—Hace mucho tiempo, en los albores de la historia, cuando la humanidad apenas se reconocía como tal, cuenta la leyenda que había una princesa llamada Fílide, enamorada de un joven que tuvo que partir a la guerra. Cuando terminó la última batalla y comenzaron a regresar los soldados, la bella mujer corrió a esperar el barco que traería a su amado. Lastimosamente la nave se había quedado atascada y no llegaba. Durante nueve días ella bajó a la playa tratando de divisar la embarcación sin ningún resultado. Al no verlo regresar, la invadió la desesperanza y se dejó morir de tristeza. Entonces Atenea, la diosa de la guerra y la sabiduría, impresionada por tanto amor, la transformó en un almendro. Cuando finalmente el guerrero llegó y se enteró de lo sucedido, no pudo hacer otra cosa que llorar y abrazar desconsoladamente la corteza áspera del árbol, queriendo revivirla. Y fue así, en respuesta a sus caricias, que las ramas brotaron y el almendro floreció.

De manera instintiva, Epifanía buscó la ventana

que daba al jardín y pensó en su desgastado almendro, que se negaba a morir. Eros captó su preocupación y dijo:

—Cuando tu corazón lo sienta de verdad, ve y acarícialo, susúrrale tu canción preferida y volverá a brotar. En cada almendro vive el amor metamorfoseado de aquel idilio que se negó a morir.

Luego agregó: *Phileitai gar kai ápsykha*: "Se ama también a los seres inanimados".

—¿Realmente lo crees? ¿En verdad piensas que podemos amarnos los unos a los otros, a las plantas, los animales, el cielo, las nubes?

—Tú eres la prueba viviente de ello: eres mujer.

—Oh, no... Reconozco ese argumento. El canto agónico de la virilidad tratando de perdurar a costillas nuestras. Me lo sé de memoria.

Se levantó como empujada por un resorte, caminó hasta la foto de *La dríade* y allí expresó con admiración:

—Ésta es la mujer que defiendo. Sola, valiente y tan o más atrevida que un hombre. No quiero ser la depositaria del amor de la humanidad, no me interesa. Las mujeres no somos bendecidas por el amor, sino víctimas de él. Lo vi en mi madre, lo veo en mi hermana y a diario en mis pacientes. Sin ir más lejos, aquí tienes un buen ejemplo —y señaló el cuadro de

Kalho—. Obsérvalo con detalle y podrás ver la típica adicción afectiva y el absurdo dolor de una mujer encaprichada por un hombre que no le correspondió... ¡Cuánto debe haber sufrido!

—Tienes razón. Amar no es sujetarse al otro como una hiedra, pero tampoco es eliminar la efervescencia que lo acompaña. Si la mente no se nublara, no podríamos amar, ¿no lo crees?

Eros esbozó una sonrisa retadora, un gesto provocador dirigido a nadie, y de pronto comenzó a recitar:

> ….*Lo que a mí*
> *el corazón en el pecho me arrebata;*
> *apenas te miro y entonces no puedo*
> *decir ya palabra.*
> *Al punto se me espesa la lengua*
> *y de pronto un sutil fuego me corre*
> *bajo la piel, por mis ojos nada veo.*
> *Los oídos me zumban,*
> *me invade un frío sudor y toda entera*
> *me estremezco, más que la hierba pálida*
> *estoy, y apenas distante de la muerte*
> *me siento, infeliz.*

—Perfecto —respondió Epifanía—, otra tonta más.

—Pero 600 años antes de Cristo.

—No importa. En esa época también había hombres seductores y mentirosos.

·—La poesía está dirigida a otra mujer: su autora fue Safo Mitilene, una lesbiana.

Y volvió a declamar:

Más adorable que todas las demás mujeres,
luminosa, perfecta
una estrella que cruza los cielos en año nuevo,
un buen año
de magníficos colores,
con una atractiva mirada de soslayo.
Sus labios son un encanto,
su cuello la longitud perfecta
y sus senos una maravilla.

Su pelo lapislázuli brillante,
sus brazos más espléndidos que el oro.
Sus dedos me parecen pétalos,
como los del loto.
Sus flancos modelados como debe ser,
sus piernas superan cualquier belleza.
Su andar es noble
(auténtico andar),
mi corazón sería su esclavo si ella me abrazara.

—¿Otra lesbiana? —repuso Epifanía con ironía.

—No, esta vez es un hombre egipcio de hace 3.300 años. La poesía fue encontrada en un jarrón. ¿Puedes imaginarte cuánto tiempo puede haberse demorado haciendo los jeroglíficos? Esa perseverancia sólo la otorga el amor por el ser amado, el mismo que nos lleva al infierno o nos eleva al cielo en un instante.

—Prefiero estar en la tierra. ¿No crees que necesitamos un amor más terrestre y menos "celestial"?

—No funciona así. El procedimiento está diseñado para volar. No hay otra opción: si el verdadero amor aparece, las alas del alma se reactivan porque ésta recuerda su procedencia original. Cuando miras el rostro de la persona amada, rememoras la belleza auténtica, y el ánima, embelesada y eufórica, despliega su fuerza y emprende el ascenso para recuperar su verdadera esencia.

Y sin mediar palabra, Eros comenzó a imitar el vuelo de algún ave y a graznar con un sonido destemplado y agudo que Epifanía creyó reconocer. La estridencia comenzó a repercutir en su tórax y a golpearla como si fuera un tambor, lo cual provocó que todo su organismo empezara a vibrar al unísono con aquel compás marcial y entrañablemente primitivo. Hasta tal punto se estremeció que tuvo que sostenerse de una pesada lámpara de pie para no caer.

Una alegría sin par, que no procedía de ningún centro ni iba a ninguna parte, esparció su bendición sobre el lugar con una vitalidad indescriptible. Lentamente, los movimientos de aleteo de Eros fueron bajando de intensidad hasta ser más melodiosos y atenuados, como el *pau pau* de una gaviota. En pocos segundos, el graznido se convirtió en un ronroneo semejante al de un bebé, y a continuación, en un balbuceo incipiente. Finalmente cayó de rodillas, como si en verdad hubiera aterrizado del más lejano cielo, desmadejado y dichoso.

—¿Qué fue eso? —preguntó Epifanía, presa del asombro y evidentemente despistada.

—El sonido original del alma, cuando sus alas se sacuden del caparazón y arrancan el ascenso. Tú también lo hiciste una vez.

—¡Dios, pues debo haberlo olvidado! —respondió Epifanía tratando de recuperar el aliento.

—Fue hace tres mil años, pero te faltó fuerza. El amor no alcanzó a derretir toda la cubierta del alma, le faltó potencia...

—Nunca había sentido algo así...

—Te asomaste al amor por un instante, sólo un instante...

Dicho esto, Eros se desmadejó del todo y comenzó a rodar por el piso y a revolcarse de un lado a otro

como si estuviera convulsionando. Su rostro denotaba la vivencia de una experiencia extática, de felicidad inconmensurable y trascendental. Estaba embele-
sado y sus facciones se hacían más hermosas y limpias.
De vez en cuando se tomaba la cabeza con la manos y
dejaba salir un sollozo largo y expansivo. Al rato, un
poco más reposado y sin abrir los ojos, empezó a pro-
ferir un rosario de palabras y nombres, aparentemente sin sentido:

—*Aphrón, éntheos, kátokhos*... Fedra, Eco, Didos,
Hera, Medea, hechicera, Psique... Divina locura...
Erastés, erástria, erómenos, eroméne, uníos, uníos, uníos...
Divina locura...

Después se acurrucó y durante varias horas repitió a media lengua la misma jerga, lo que le dio tiempo a Epifanía para escucharla con atención y grabarla.

Eros despertó al segundo día.

Las caras de Eros

El parque estaba lleno de buenos recuerdos. Cuando era niña le encantaba balancearse en los columpios, jugar carreras de bicicletas y dar vueltas en el carrusel. Era insaciable y lloraba cada vez que la llevaban de vuelta a casa.

El parque estaba formado por varias hectáreas en plena ciudad. Un pulmón verde rebosante de árboles nativos y cipreses, con un enorme lago en la mitad donde los niños podían alimentar toda clase de aves. Una fila interminable de bancos de madera hacía las delicias de lectores y jubilados, que se apostaban allí para recibir el sol. Epifanía estaba sentada sobre el pasto y sus pies casi rozaban el agua. Eros perseguía un par de mariposas y por momentos parecía que fuera lo contrario. Finalmente, ya cansado, se recostó junto a ella.

—Me doy por vencido —dijo en voz alta, casi gritando.

—No lo creo, no es tu estilo —respondió Epifanía.

—Shhh... Es una trampa... —murmuró Eros y le hizo un guiño.

Eros había podido entrar, al menos en parte, en la vida de Epifanía, quien había empezado a mostrar el lado frágil y delicado de su verdadera personalidad. La apertura tenía un nombre: curiosidad. Eros había logrado revivir en ella la irresistible atracción por lo desconocido, una tendencia que la había caracterizado desde niña.

—No sé nada sobre tu familia, Eros, tu vida, tu pasado. ¿Por qué no me cuentas?

—Yo tampoco creo saberlo con exactitud. Desde que tengo uso de razón he sido huérfano. He tenido protectores, mecenas, padrinos, pero nadie ha querido reconocer mi procedencia; soy lo que llaman un paria. Por eso me agrada dormir en los portales abandonados, o en la calle cuando hay luna, allí siento que el cosmos me apadrina.

Una garza levantó vuelo y Eros la siguió con su mirada hasta perderla de vista. La aflicción había aparecido en su semblante:

—En ocasiones, cuando sale el arco iris o sopla el

viento del oeste anunciando la primavera, un presagio de luz me acompaña, me regocijo y me reconozco, pero eso dura un instante y después se desvanece.

Ahora la expresión de Eros parecía la de un niño grande. Acarició el huevo de plata que colgaba de su cuello y dijo con melancolía:

—En algunas noches de tormenta, cuando la oscuridad abre sus negras alas, me veo a mí mismo saliendo de un enorme cascarón plateado, frío e inmenso. No conozco mis orígenes, Epifanía, solamente puedo decirte que dentro de mí están representados la guerra y el amor, en su estado más puro y cruento.

—¿Por qué te pusieron Eros?

—He tenido varios sobrenombres: *Ker* ('malicia alada'), *Protógonos* ('recién nacido'), *Phanes* ('el que hace brillar'), pero *Eros* fue el que perduró. Es algo así como mi nombre artístico.

—Yo me iba a llamar Estefanía, pero el notario se equivocó y me puso Epifanía. Vaya a saber en qué estaba pensado.

—Un error afortunado. Epifanía significa lo que brota a la presencia, lo que da a la luz, lo que surge... Eso significa *fainésthasis*, ya lo sabes.

De improviso, Eros palideció, sus facciones se llenaron de furia y comenzó gritar: "¡Un millar de dracmas! ¡Un millar de dracmas!", mientras señalaba a un jardinero que estaba cortando la ramas de un ciprés. Se incorporó velozmente y corrió hacia el hombre, quien muerto de miedo trepó rápidamente hacia la copa buscando escapar de semejante individuo. "¡Deténgase! ¡Deténgase!", decía Eros. "¡No puede hacerlo! ¡Deténgase!". Luego de varios intentos, Epifanía logró alejarlo del lugar y aclararle que el señor no estaba talando el árbol sino podándolo. Eros aceptó la explicación a regañadientes y al fin logró tranquilizarse. No obstante, su rostro denotaba la angustia por la que había pasado. Entonces explicó:

—Ellos sufren cuando se los lastima. Cada árbol tiene su propia personalidad: la palmera es el árbol del nacimiento, el manzano es sabio, el nogal es adivino y poeta, el almendro es nostálgico, el sauce es curador y sedante, el laurel es heroico, la higuera es maternal, la vid es lujuriosa, y así. Además, ellos también cumplen años. Por ejemplo: el abedul cumple el 24 de diciembre; el fresno, el 18 de febrero; el sauce, el 15 de abril; el peral, el 13 de mayo; el roble, el 10 de junio; el nogal, el manzano y el membrillo cumplen el 5 de agosto, pero no son trillizos; la vid, el 2 de septiembre; la hiedra, el 30 de septiembre. Igual que cualquier humano, todos nacen, viven y mueren.

En otra ocasión Epifanía habría criticado la posición extremadamente animista de Eros, pero había aprendido a respetar la sinceridad y espontaneidad de sus planteamientos. Nuevamente pensó en el almendro, y contra todo fundamento la embargó la duda: ¿Sufriría realmente?

La tarde estaba tranquila y las palomas se amontonaban alrededor del maíz que algunos despreocupados visitantes arrojaban al suelo. Repentinamente, una de ellas voló directo hasta Epifanía y se acomodó entre sus piernas.

—Vete, aquí no hay maíz. ¿Qué es lo que quieres?... Aléjate —dijo Epifanía, levantando las manos para espantarla, pero el animal no se inmutó.

—Sólo quiere que la acaricies —sugirió Eros.

—¿Acariciarla? En mi vida he tocado una... Me producen fastidio... Son tan frágiles... Además laten y se les ven las costillas... Vete, vete, adiós...

El ave se limitó a mirarla y a acomodarse como si estuviera empollando.

—Es una paloma testaruda y necesitada de afecto. Te aseguro que no se va a ir hasta que no la consientas, quiere mimos —insistió Eros.

—Las palomas no son así... Debería estar con los que le dan maíz...

—Ésta es más sofisticada y quiere otro tipo de alimento.

Viendo que no había más opción, Epifanía acercó

las manos a la paloma como si estuviera a punto de tocar un nido de serpientes venenosas. Muy despacio, puso las yemas de los dedos sobre las diminutas plumas, y luego de hacer un gesto de repulsión mezclado con susto, dejó caer de manera gradual el peso del antebrazo, hasta que la palma derecha se apoyó totalmente sobre el cuello del animal, que parecía entender lo que estaba ocurriendo y entornaba los ojos. Poco a poco, Epifanía comenzó a desplegar un contraído movimiento que después se fue transformando en caricia y más tarde en asombro: bajo su mano húmeda, el jadeo delicado y palpitante de aquella frágil criatura se manifestó por unos segundos como el mayor de los enigmas.

La magia duró poco. Bruscamente, el sonido agudo del buscapersonas hizo que el ave remontara vuelo, no sin antes despedirse con un ronroneo hondo y sostenido. El mensaje era urgente:

"Doctora, venga rápido que Diego ha tomado de rehén a una enfermera y la tiene amenazada de muerte".

El ojo de Dios

El hospital psiquiátrico era una vieja construcción de principios del siglo pasado, rodeado de lánguidos y extensos jardines que le daban un aspecto de fortaleza amigable. Las pequeñas ventanas republicanas esparcidas a lo largo y ancho de la edificación y algunas fuentes adornadas con estatuas verdosas acentuaban aún más esta impresión.

Cuando traspasaron el portón, sorpresivamente el rostro de Eros se desencajó y comenzó a hacer arcadas. Ya frente al pabellón de esquizofrénicos crónicos, Eros le dijo que sólo se trataba de un malestar pasajero y que prefería quedarse en el automóvil. Ella entró apresuradamente al edificio y se dirigió a la estación de enfermería, donde estaban apostados los guardias de seguridad y algunos policías. Andrés hablaba con el raptor a una distancia prudencial, tratando de hacerlo entrar en razón:

—Diego, es mejor que sueltes el cuchillo y te tranquilices... Tú no quieres que nadie salga lastimado, ¿verdad?

Diego era un psicótico crónico que llevaba bastante tiempo en el hospital y que nunca había mostrado conductas agresivas o peligrosas. Ahora tenía a una asistente tomada por el cuello y un enorme cuchillo de cocina sobre la garganta de la mujer. Los ojos de Diego estaban inyectados en sangre y hablaba en tono profético:

—¡Soy el ojo de Dios! ¡Y nadie discutirá los designios de mi padre! ¡Ella ha pecado! ¡Estaba desnuda en brazos del doctor! —y señaló al jefe del pabellón, que se puso rojo como un tomate— ¡Mujer lasciva, pagarás por tus pecados! ¡Y ustedes deberán obedecerme!

—Dios no quiere que hagas eso.

—¡Oh, sí! ¡Él lo quiere! —respondió Diego, mientras se concentraba para escuchar mejor lo que supuestamente oía—. ¡Sí, sí, sí, sí, síííííí...! ¡Y no más! ¡No más, no, no!

Así, tratando de convencerlo, desfiló el director de la clínica, un psicólogo, un experto de la policía y hasta un familiar cercano, pero todo fue inútil. Dos horas después, el agotamiento del enfermo y la impaciencia de las autoridades hacían prever un desenlace trágico. Mientras tanto, Diego no daba el brazo a torcer y la pobre mujer estaba al borde del colapso. Atrincherado tras el cuerpo de ella y sin soltar el arma, ordenó:

—¡Ahora mi padre quiere que se arrodillen! ¡Vamos, todos de rodillas!

Y apretó el cuchillo de tal forma que saltaron unas cuantas gotas de sangre sobre la solapa blanca de la enfermera. Al ver esto, la mayoría de la gente se postró de inmediato a excepción de algunos agentes que se quedaron de pie resistiéndose a la orden.

—¡He dicho que todos! —repitió Diego amenazante, y entonces hasta el último de los asistentes obedeció.

La cara de satisfacción de Diego no duró mucho. La figura de Eros apareció por la entrada principal, y con paso firme y decidido fue directo hacia el agresor, y se detuvo a escasos dos metros. Diego examinó a Eros de punta a punta, inclinó la cabeza como quien no entiende y olfateó el aire como un lobo. Eros hizo exactamente lo mismo y avanzó un paso corto. El hombre, aún intrigado, levantó las cejas y mostró los dientes con aire amenazante. Por su parte, Eros emitió un gruñido y se quedó impávido, observándolo fríamente, mientras daba otro paso. Diego reaccionó y le hizo una seña de "Ah, ah, cuidado con lo que haces". Eros se mantuvo en su sitio y empezó a decir "sí" con la cabeza, a lo cual Diego respondía "no", sacudiendo la suya.

El silencio era sepulcral. Eros dio un paso largo y otro más corto, hasta quedar a unos centímetros, y el sujeto, al darse cuenta de lo que estaba ocurriendo, intentó nuevamente apretar el cuchillo, pero se detuvo al oír un chasquido repetitivo por parte de Eros. Algo reconoció en la entonación porque su sorpresa fue evidente. Entonces, ya muy cerca, Eros le murmuró algo al oído. El impacto no se hizo esperar. Diego, atónito y profundamente conmovido, dejó caer el arma y se arrojó a los pies de Eros en señal de alabanza. Todavía después, cuando dos grandes hombres lo sacaban del lugar maniatado, intentaba fallidamente postrarse ante él.

Horas más tarde, aún en el hospital, Epifanía, Andrés y Eros departían junto a un estanque donde una ninfa mohosa sacaba un chorro de agua por el ombligo.

—Quiero agradecerte tu intervención, lo hiciste muy bien. Cualquiera diría que tienes experiencia en esto de rescatar gente —dijo Andrés, dirigiéndose a Eros.

—Bueno, en realidad más que rescatarlas suelo hundirlas y complicarles la vida... Esta vez fue cuestión de suerte y algo de intuición —respondió Eros.

—No debería haberle bajado la dosis —se reprochó Epifanía en voz alta.

—No te preocupes, hiciste lo correcto. ¿Cómo ibas a imaginar que algo así ocurriría? —argumentó Andrés.

—La medicación no es la única opción para curar a los enfermos —opinó Eros —, a veces es mejor contagiarse del trastorno que lo afecta y entrar en su mundo.

—Debo confesarte que a veces he pensado lo mismo, pero me da miedo intentarlo —contestó Andrés, mientras se asomaba al estanque para tocar el agua.

—¡No lo hagas! —gritó Eros tirándolo de un brazo— ¡Es mejor que no mires tu propia imagen, podrías desalmarte! Si los espíritus del agua se llevan tu esencia, nadie te salvará. Un hombre sin alma está perdido para siempre...

—No lo sabía —declaró Andrés, tratando de ser respetuoso con la creencia.

—Así es. El "desalmado" no tiene remedio, en cambio si el alma sigue ahí, aunque esté lastimada, existe la posibilidad de que otro espíritu compasivo decida correr el riesgo de amarla y aceptarla de manera incondicional. Tú no sólo tratas mentes, sino almas.

Epifanía, que había estado ajena a la conversación y sumergida en sus pensamientos sobre lo ocurrido, miró repentinamente a Eros y preguntó:

—A propósito, ¿qué fue lo que le dijiste a Diego para que se entregara?

—Soy Dios, tu padre, y he venido a hacerme cargo del asunto, puedes irte en paz —explicó Eros, mientras removía continuamente el agua del estanque con la mano, para que nadie pudiera reflejarse en él.

¿Para qué la mente?

El salón donde iba a llevarse a cabo la conferencia estaba repleto. Epifanía se acercó al asiento que le habían reservado y más adelante pudo ver a Sandra con dos amigas. Cruzaron un saludo distante y Epifanía se ubicó en su puesto. Se sentía un poco extraña en aquel lugar y pensó que unas semanas atrás jamás hubiera aceptado la invitación de Tatiana. Lamentó que Eros no hubiera podido acompañarla, pues, según él, debía contar estrellas. Es mejor que vayas sola, le dijo, tengo mucho que hacer aquí.

Tatiana anunció el tema a tratar: *El mito del ego separado*. Vimala, la invitada, caminó lentamente hacia el escenario y le pidió a la audiencia que no aplaudiera. Llevaba un vestido largo color salmón, una trenza que caía por la espalda hasta la cintura y una pequeña gema en el entrecejo. No tenía maquillaje, sólo una sonrisa amable adornaba su rostro aceitunado. Luego de unos minutos de silencio, comenzó a hablar:

—No quiero ser autoridad para nadie. Vamos a explorar juntos el tema de hoy: las implicaciones del ego. ¿Realmente existe algo así como un "yo" o un ego? ¿Hay un ente mental llamado "yo" o "mí", como si se tratara de un cuerpo físico? No estamos separados. Lo "tuyo" y lo "mío" no es más que la manifestación de miles de años de condicionamientos. La mente humana es una mente colectiva...

Epifanía quedó gratamente impresionada por la belleza y la serenidad que transmitía aquella exótica mujer. Se había imaginado una señora calva con cara de Kung Fu, pero fue todo lo contrario. En cada movimiento, la figura de Vimala se destacaba maravillosamente sobre el fondo de una alocución amable y cálida. Epifanía la percibió digna y honesta, casi inocente, pero al mismo tiempo fuerte. Vimala continuaba con su discurso, haciendo pausas largas y sentidas, como si estuviera recibiendo y traduciendo un mensaje distante:

— La ira y el dolor son sentimientos compartidos por todos. No hay nada personal ni propio... No es *mi* amor, *mi* ira, *mis* celos, *mi* apego: ¡es nuestro!... En diez mil años de civilización y promesas religiosas no hemos avanzado un ápice... Seguimos teniendo el mismo sufrimiento... El mismo rencor que ha llevado a las guerras hoy nos lleva a ser incapaces de perdonar...

A Epifanía le resultaba muy difícil concentrarse en estos temas. Por ratos captaba trozos aislados e inconexos, pero aun así comprendía la esencia del mensaje con suma claridad. Cuando alguna idea le resultaba atractiva, su mente comenzaba a saltar de un lado a otro como un mono enjaulado tratando de hallar una salida. Vimala decía:

—Eres la humanidad... *Somos* el mundo... En ti se reproduce la historia de toda la humanidad. Sólo debes buscar adentro, sin evaluar, sin emitir juicios, sólo estar alerta y mirar las cosas como son. Ese ver *es* acción. Cuando estamos frente a un peligro verdadero, no necesitamos pensar, ¿verdad? Simplemente lo comprendemos, lo vemos no con la razón sino con todo el cuerpo. Si me quemo con el fuego o me lastimo con algo punzante, mi organismo se retira inmediatamente y punto, no hay mucho que analizar en esa situación. Me pregunto: ¿Por qué la mente no puede obrar como la biología y desechar lo inútil, lo tonto o lo peligroso de manera inmediata?

Epifanía no pudo evitar pensar en la tragedia amorosa de su hermana, la buscó con la mirada, pero no obtuvo respuesta.

—El *ver* del que hablo no es producto del análisis ni de la reflexión —continuó diciendo Vimala—. Ocurre cuando el *observador es lo observado*. Es el sentimiento captando el universo en estado puro, es decir, sin esperar nada, sin querer alcanzar nada, sin metas... La pasión sin motivo... No *tengo* emociones, *soy* las emociones.

Sandra se dio vuelta y miró a Epifanía, pero ésta no se dio por aludida. Vimala, mientras tanto, argumentaba:

—Cuando la memoria entra en inactividad, cuando se la tiene en suspenso, todo nuestro ser se halla cara a cara con *lo que es*. Entonces ustedes no miran la *realidad* a través de las teorías del pasado o del lenguaje. Como una emanación sagrada del presente, ustedes están aquí fundidos en la totalidad que los rodea.

Vivir sin pasado, añoró Epifanía. Se imaginó a sí misma con amnesia, sin más datos que los necesarios y sintió un alivio indescriptible. Le hubiese gustado borrar tantas cosas de la memoria, y pensó si no era mejor ser un idiota feliz que un sabio infeliz.

El discurso de Vimala seguía su curso:

—En algún momento de la evolución perdimos el rumbo. En algún punto nos estancamos e hicimos de la mente un fin y no un medio para continuar nuestro progreso espiritual. La psiquis humana no quiso desaparecer e inventó el ego. La estructura mental imitó lo biológico y trasladó mecánicamente a su mundo psicológico lo que solamente era pertinente al universo material. Ése es el origen del sufrimiento humano.

Y así continuó Vimala, expresando sus ideas y diciendo lo que sólo ella podía decir. Se refirió a la muerte y al movimiento de la vida, insistió en que la verdad no tiene caminos que conduzcan a ella, sostuvo que el deseo es placer proyectado en el tiempo, afirmó que la autoridad en cualquiera de sus formas corrompe..., en fin, habló y habló hasta agotar la última posibilidad que le daba la palabra. Por último, un silencio apaciguador llenó de gozo el corazón de los asistentes: la conferencia había terminado.

Desde tiempo atrás a Epifanía la asaltaba una duda existencial que no había querido sacar a flote, una tregua a su sesuda formación científica. Si Vimala tenía razón y la humanidad había torcido el rumbo original de la evolución al utilizar la mente para otros fines, entonces, ¿cuál era esa función mental primaria de la cual nos habíamos desviado? En ocasiones había llegado a pensar que los humanos no éramos otra cosa que el producto de un experimento fuera de control, que su creador había abandonado a su suerte. Una

sociedad de Frankensteins arrojados a la vida, desarraigados, en plena caída y librados al azar. Si había un
sentido en alguna parte, quería conocerlo. Recordó la
beligerancia materialista y atea de su padre: "La vida
no tiene sentido, el sentido se lo da uno", y reconoció
que tal sentencia ya no era suficiente. Por momentos
estaba cansada de no creer. Detrás de la mirada escép-
tica que la había caracterizado por años, existía la oculta esperanza de un más allá fantástico y alado, una
especie de historia sin fin para adultos.

Más tarde Vimala entró en un pequeño cuarto,
donde recibió a los que quisieran hablar con ella a
solas. Epifanía hizo la fila, y cuando entró, Vimala la
recibió amablemente y le pidió que se sentara a su
lado. La tomó suavemente del cuello, colocó su frente
junto a la de ella y así permaneció por unos segundos,
como si estuviera interpretando algún tipo de información invisible. Después apoyó la cabeza de Epifanía contra su pecho y le acarició las sienes con ternura. Por unos minutos, Epifanía tuvo la certidumbre de
que nada ni nadie podía lastimarla. Entonces Vimala
concluyó:

—Hay tanto amor en ti, Epifanía. Ya es hora de
que se lo regales al mundo.

—No siento ese amor del que hablas.

—Si hay miedo, no puede haber amor... Pero lo

sagrado ha llegado a tu vida y el temor se irá para siempre... Ábrele la puerta...

Epifanía le dio las gracias y se dirigió a la salida, cuando la voz de la mujer la detuvo:

—¿Quieres saber algo más?

Epifanía titubeo un instante, pero finalmente se decidió:

—¿Para qué estuvo diseñada la mente?

—Para ayudar a los otros, Epifanía, para ayudar a los otros.

Al salir de la habitación, una corriente de aire juguetona e imprudente rozó el cuerpo de Vimala e intentó levantar su vestido varias veces, hasta hacerla reír.

Entre pecho y espalda

Epifanía llegó a su casa el domingo a las siete de la mañana, después de una rotación nocturna en el hospital. Eros la esperaba en la puerta, con la cabeza engominada, erguido como un conserje y con una sonrisa de "bienvenida a casa". Ella detuvo el auto en la entrada y se bajó. Él, sin perder la posición de firmes, hizo un ademán señalando la entrada y dijo con satisfacción: "¡Ya estás protegida!"

Epifanía no podía creer lo que veía. El arco de la puerta estaba totalmente enramado, adornado con cantidades de flores y plantas, y el piso del umbral alfombrado con centenares de margaritas. Había rosas, gladiolos, begonias, crisantemos, azahares, violetas, jazmines, claveles, y completando el arco, entrelazadas con las flores, ramas de laurel, albahaca, romero,

hinojo y orégano. Los colores intensos, casi fosfo-
rescentes, combinados con aquella conjunción de fra-
gancias delicadas y comestibles, creaban una sensación única e irreproducible. Epifanía no supo si avanzar
o quedarse inmóvil, le daba temor pisar las flores y
desbaratarlas, pero al fin pasó bajo la bóveda multico-
lor y se sentó junto a la chimenea, donde todavía ar-
dían unas brasas. Eros le habló al fuego:

—Gran Orfeo, recibe esta oración: "Oh fuego,
haznos siempre florecientes, siempre felices, oh hogar,
oh tú que eres eterno, bello, siempre joven, tú que
nos alimentas, tú que eres rico, recibe de buen grado
las ofrendas y danos a cambio la felicidad y eterna
salud".

Eros se movía de manera minuciosa y circunspec-
ta. Corrió un poco las cortinas, echó al brasero unos
pequeños trozos de madera, que rápidamente comenzaron a oler a sándalo, y puso *Concierto para flauta N° 1*
de Mozart. Entornó los ojos, aplastó aún más su pelo
y comenzó a marcar el ritmo con su dedo índice.
Después de unos segundos salió de su arrobamiento y
echó un vistazo a Epifanía, que continuaba aferrada a
la silla, tratando de comprender lo que estaba ocurriendo.

—Ya no hay riesgo —dijo Eros mientras se asomaba sigilosamente por la ventana—. Debe haberse

quedado afuera. ¡Ja, ja, ja! ¡No pudiste entrar, no pudiste!

—¿De qué hablas? ¿Quién no ha podido entrar?

Él se aproximó con sigilo y le preguntó en voz
baja:

—¿Cómo te sientes?

—Bien, bien, yo estoy bien. Pero, ¿qué te preocupa?

—Pude sentirla en el hospital. Ustedes no pueden
verla claramente porque a ella le encanta pasar des-
apercibida. Se escabulle fácilmente y si acaso se deja
ver, siempre lo hace con un disfraz diferente.

—¿De quién estás hablando?

—Fue el impacto inicial... No esperaba encon-
trarla ahí... Epifanía, contéstame con sinceridad: ¿Ustedes aman a sus pacientes?

La pregunta tomó por sorpresa a Epifanía, quien
asumió una posición más profesional, mientras pensaba cómo responder.

—¿Los aman? —insistió Eros.

—Bueno, no sé qué entiendes por *amar a los pacientes*. No los odiamos, si a eso te refieres, y procura-
mos ayudarles...

—No, no, no... El odio no me preocupa, él es pariente directo del amor, me preocupa su opuesto.
Cuando odias a alguien, te sientes atraído para des-

truirlo, pero no lo ignoras. Hay algo más profundo y mortal que el odio, más frío, mucho más cruel y psicológicamente destructivo.

—¿Y quién es ese personaje maligno del que hablas?

—La indiferencia, ella es el cruel personaje: "No te recuerdo, no entiendo lo que me dices, no sé quién eres, no sé qué piensas, no sé qué quieres". ¿Ustedes tienen un nombre técnico para eso?

—No sé... Esquizoides, quizás...

—Exacto —confirmó Eros, haciendo chasquear los dedos, mientras se asomaba otra vez por la ventana—. No debes dejar que entre en tu vida.

—¿Quieres decir que cuando llegaste al hospital lo que sentiste fue... indiferencia?

Eros asintió.

Epifanía se levantó, fue hasta la cocina, se sirvió leche y volvió a la sala. Su expresión había cambiado. Entonces dijo:

—Es fácil hablar de la locura cuando no te toca directamente. ¿Tienes idea de lo que es lidiar con la enfermedad mental? ¿Verla cada día, sentirla a cada momento? Hacemos lo que podemos.

—¿Y por qué quieres lidiar con ella?

—¿Cómo que "por qué"? ¡La locura es una enfermedad!

—No siempre, no siempre...

—Aquí y en la China, locura es locura. La gente desequilibrada es desequilibrada. ¿O piensas que son disidentes políticos?

—No, no es eso. No me refiero a los dementes en quienes los sentidos y el raciocinio están perturbados y confunden el día con la noche y el cielo con la tierra. Me refiero a los que están tocados por la pasión, a los que reciben la bendición de la sana inconsciencia. A veces la *locura*, como la llaman los eruditos, es más noble que la cordura y fuente de energía divina.

—Sólo conozco una forma de enloquecimiento y no te la recomendaría.

—Te equivocas, hay una forma de desvarío que no es enfermedad y no va en detrimento del que la lleva, una forma de exaltación e inspiración sagrada, que hace las grandes obras de la humanidad.

—Eso se llama manía y necesita litio.

—¿No crees que el exceso de razón también es una enfermedad? ¿O me equivoco?

—Es posible... Podría ser lo que conocemos como TOC: Trastorno obsesivo compulsivo... No estoy segura... Puede ser... —reconoció Epifanía a regañadientes.

— Manía viene del griego *mantéia*, que significa

'el arte de la adivinación': "Si llega como un regalo del cielo, la locura es el canal por el cual recibimos las más grandes bendiciones..." Sócrates... Sócrates...

—La cuestión no es tan romántica. Las personas que sufren de manía pierden el contacto con la realidad, no duermen, tienen ideas de grandeza, hablan más de la cuenta, muestran una sexualidad exagerada, son hiperactivas y hacen los desastres más grandes. No veo a Dios por ninguna parte.

—A ver si entendí bien: las personas que sufren de manía viven en un mundo más intenso, tienen más tiempo disponible, les sobra autoestima, les gusta socializar, son hedonistas... Inquietud, ebullición, expresividad, sensibilidad, emociones intensas, sexualidad intensificada... No suena mal... ¿No habrá alguna manía productiva que nos aísle un poco de lo mundano y que además nos devuelva al mundo de vez en cuando?

—La hipomanía... —dijo Epifanía con un suspiro de resignación.

—¿Una manía pequeñita?

—Sí, pero de todas formas hay un riesgo alto. Cuando el pensamiento se acelera y no lo podemos controlar, la percepción del entorno inmediato se distorsiona, puede haber alucinaciones y la asociación de ideas se acelera a velocidades vertiginosas. Recuerdo el caso de un paciente maníaco-depresivo, que en menos de treinta segundos fue capaz de decir quince sinónimos de la palabra dolor.

—Son diecisiete: molestia, aflicción, daño, suplicio, tortura, tormento, calvario, martirio, angustia, pena, congoja, pesar, desolación, desconsuelo, desazón, atrición y contrición —dijo Eros en diecisiete segundos.

—¿Qué quieres demostrar con esto?

—Que hay una manía benigna con la cual nos inspiramos y nos purificamos, donde las musas y el erotismo hacen su entrada. Hay algo sublime en sentirse poseído por los dioses.

—No lo creo.

Eros lanzó una sonrisa maliciosa y afirmó:

—Quién sabe, tal vez los que distorsionen la percepción sean los normales. ¿Qué dirían los "cuerdos" si descubrieran que la locura vive a su alrededor y se alimentan de ella a cada instante? Por ejemplo aquí, en tu espacio privado, estás rodeada de manía y no te has percatado de ello. En cada recodo de este recinto vive el delirio productivo de los que decidieron lanzarse al vasto océano de la exaltación.

Eros fue hasta la biblioteca y llegó cargado de libros y algunos discos compactos. Los ordenó y comenzó a reseñarlos:

—Lord Byron, Baudelaire, Verlaine, Rimbaud, to-

dos desequilibrados geniales. Aquí tienes más: Graham
Greene, *El tercer hombre*; Ernest Hemingway, *El viejo y
el mar*; Walt Withman, *Hojas de hierba*; Hans Christian
Andersen y sus famosos *Cuentos*, aquéllos que leíste
cuando niña. Y en este texto ilustrado está impresa la
insensatez más representativa de Europa en el siglo
XIX: Goya, Gauguin, Dadd, y el gran Van Gogh, quien
decía: "Cuanto más agotado, enfermo o derrumbado
estoy, más artista soy, más artista creador".

— Eso no justifica el disparate, el hecho de que
algunos...

Eros la interrumpió leyendo en voz alta un fragmento de *Elogio a la locura*, de Erasmo de Rotterdam:

— "Pero hay otra locura distinta que procede de
mí, y que por todos es apetecida con la mayor ansie-
dad. Manifiéstase por cierto alegre extravío de la razón, que al mismo tiempo libra al alma de angustiosos
cuidados y la sumerge en un mar de delicias".

Acto seguido, arrojó el libro lejos, como si se tratara de un platillo, y preguntó:

—¿No habrá una forma de ver más allá de lo inmediato y sentir con toda la pasión disponible sin ser
catalogado de loco?

Epifanía guardó silencio. Ahora que Eros sacaba a
flote aquellas temáticas y esculcaba parte de su mundo secreto, el que tan celosamente había guardado, la

embargaba una extraña sensación de zozobra. Ahora le surgía una pregunta respecto a su padre que nunca se había hecho anteriormente, un cabo suelto en la madeja de las conjeturas: ¿El gusto literario, artístico y musical de su padre tenía algo que ver con su personalidad, o era coincidencia? Recordó su figura alta y protectora, la cabellera canosa y le habló al recuerdo: ¿Sabías de tu gusto por la locura, papá, o la llevabas dentro y ella te empujaba a buscar a tus iguales?

Eros concentró su atención en el *Concierto para flauta Nº 1*, y comenzó a moverse al compás de las flautas:

—¡Mozart! ¡Escucha, Epifanía, escucha! ¡Los compases de la creación inflamable y frenética que nadie puede detener! ¡Es la divinidad la que toca! ¡La sublime locura!

Y al tiempo que se movía, fue nombrando uno a uno los discos que había traído:

—¡Berlioz, Schumann, Händel! ¡El genio y la enajenación van juntos! ¡Agudiza tus sentidos, Epifanía! ¡Siente cómo la creación se manifiesta!

Epifanía continuó aferrada a su posición racional, hasta que, sorpresivamente, su pie derecho y algunos otros músculos rebeldes comenzaron a seguir la melodía de manera automática. Es ridículo, pensó, Mozart no es para menearse como si fuera una Lambada, y de inmediato, con la firmeza de un sargento alemán, controló el amago de sublevación motora.

Luego, aprovechando un descanso de Eros, comentó en tono conciliador:

—Mira, Eros, no se trata de querer o no querer, para mí no hay elección, estoy de este lado de la locura y creo que nunca voy a pasar la raya.

—No tienes que traspasar nada. La pasión está en tu corazón, la llevas entre el pecho y la espalda. Y no es retórica—, afirmó Eros, mientras escribía en un tablero de dibujo la siguiente frase en griego:

$$\text{ἔνθεος θυμός}$$

—*Enthéos thymós* —leyó con solemnidad—.

—¿Qué significa?

—ENTUSIASMO: *sentir la fuerza de Dios en el pecho*. La ira de Dios, la cólera sana que mueve el universo, eso significa. Ésta es la locura que no es demencia, la que puedes usar cuando quieras, la que te pertenece, la que no se debe curar y sobre la que se han montado los actos más dignos de la humanidad.

Una larga pausa acompañó la callada reflexión de Epifanía, que de vez en cuando levantaba los ojos para ver a Eros balancearse de un lado a otro abrazado a la música y poseído del mayor "entusiasmo".

Por alguna razón desconocida, Epifanía sintió la imperiosa necesidad de escuchar su propio corazón, cosa que nunca había hecho antes. Se tomó las pulsaciones y esperó unos segundos para completar el minuto y lograr un promedio confiable, pero el asombro la paralizó. Algo andaba mal, y no se trataba de la frecuencia cardíaca sino de la calidad de la pulsación. No tenía sentido, ¡la regularidad de la palpitación parecía seguir el mismo patrón rítmico de Mozart! No era el peculiar *dum dum* lo que oía, sino un disparatado e irrisorio *tan tan* melodioso.

Volvió a revisarse con más cuidado y percibió nuevamente la misma cadencia y el mismo acompañamiento anterior. Debo estar perdiendo la razón, reflexionó asustada, ¡no es posible! Hizo un nuevo intento y el resultado no cambió en lo absoluto: ¡El corazón no latía sino que tarareaba! Retiró rápidamente la mano de su muñeca, como si algo la hubiera quemado, sacudió los brazos y recurrió a su gran aliada, la lógica. Últimamente estoy muy sugestionable, se dijo a sí misma tratando de tranquilizarse, esto me pasa por meterme donde no debo. En ese momento, la risa de Eros, que seguía bailando con frenesí, la apartó súbitamente de sus pensamientos:

—¡Aquí, aquí, Epifanía! ¡Entre pecho y espalda, justo aquí! ¡Éste es el lugar de la locura!

Ella hizo un gesto de aceptación y juró no volver a auto observarse, a no ser que fuera necesario. Mientras tanto, su corazón, ya libre de censura, comenzó a bailotear y danzar a su antojo, feliz, de la mano de Eros.

Los mitos

H ola Epi:
    Indagué sobre lo que me pediste. Creo que esa tarde
Eros tuvo un ataque de amor o algo parecido. Al menos todo
lo que alcanzaste a grabar tiene que ver con ese tema. Tuve
cierta dificultad para hallar algunos términos, pero las palabras extrañas resultaron ser griego, y lo demás es una mezcla entre literatura y mitología. Reproduzco lo que me en-
viaste para que te sirva de comparación:
    Aphrón, éntheos, kátokhos... Fedra, Eco, Didos, Hera,
Medea, hechicera, Psique... Divina locura... Erastés, erástria,
eroménos, eromené, uníos, uníos, uníos... Divina locura...
    Bien, entonces paso a explicar.
    Aphrón significa 'fuera de razón'; éntheos, 'lleno de
Dios' y kátokhos, 'poseído'. Erastés quiere decir 'el que
ama'; erástria, 'la que ama'; eroménos, 'el hombre que es

amado o que está siendo amado' y eroméne, *'la mujer que es amada o que está siendo amada'*. Divina locura, *es como los griegos le decían al amor.*

Es claro que para nuestro amigo la cuestión es bastante pasional. Las otras personas que nombra las identifiqué con algunos personajes mitológicos. Te pongo entre paréntesis las fuentes originales por si quieres consultarlas en tus ratos de ocio intelectual con Carlos... (es un chiste).

1. *Fedra (la brillante). Hija de Minos, rey de Creta. Fue entregada por su hermano Deucalión a Teseo, entonces rey de Atenas, en matrimonio. Fedra se enamoró intensamente de Hipólito, su hijastro, pero éste rechazó sus insinuaciones. Fedra, temiendo que la delatase, lo acusó ante su esposo de haberla querido violar. Teseo pidió a los dioses que mataran a su hijo y así ocurrió. Fedra, abrumada por los remordimientos, se suicidó. (Eurípides en* Hipólito, *Séneca en* Fedra, *y Apuleyo en* El Asno de oro.)

2. *Eco era una ninfa de los bosques a quien Hera había condenado a repetir las últimas palabras que escuchara, ya que por su charlatanería había servido de señuelo para que Zeus hiciera de las suyas. Eco se enamoró de Narciso, quien la rechazó cruelmente. Ella pasó el resto de sus días en cañadas solitarias, consumiéndose de amor y mortificación hasta que sólo quedó su voz. (Aristófanes en* Las Fiestas de Ceres, *y Ovidio en* Las metamorfosis.)

3. *Dido es la reina de Cartago, que socorre a Eneas,*

guerrero de Troya, cuando naufraga en las costas africanas. Dido lo acoge en su palacio y se enamora de inmediato. Luego de un tiempo, el héroe la abandona para ir a Italia y cumplir su destino de fundar una nueva Troya. La reina, al verse abandonada pese a sus súplicas, decide inmolarse en una pira en un ataque de desesperación. Al cabo de un tiempo, Eneas se encuentra con el fantasma de Dido en el infierno, y ésta se niega a perdonarlo y sigue odiándolo por toda la eternidad. (Virgilio en La Eneida, *y Ovidio en* Heroida.*)*

4. **La hechicera.** *Creo que Eros se refiere a un relato de Teócrito de Siracusa (320 a 260 a.C.) en el que una bruja enamorada, luego de once días de abstinencia, intenta atraer a su hombre mediante hechizos e invocación a los dioses. Sólo para que veas la intensidad del asunto, te cito un trozo:*

"En cuanto lo vi, me volví loca, y mi pobre corazón quedó abrasado. Desvanecióse mi presencia. Ya no paré mientes en aquella procesión, y no sé cómo volví a casa. Comencé a tiritar de ardiente fiebre y estuve en cama diez días y diez noches".

5. **Hera,** *hija de Crono y Rea, hermana y esposa de Zeus; es la divinidad tutelar del matrimonio. Según cuentan todos los relatos, era celosa, violenta y vengativa y acosaba y perseguía a las amantes de su marido. Persiguió a Io, volvió loca a Ino, hizo morir a Semele embarazada de Dionisio a manos de Zeus, trató de impedir que Leto diera*

a luz a Artemisa y Apolo, provocó la guerra de Troya y acechó con rencor a Eneas. Pese a ser la reina de los dioses, es víctima de un amor posesivo y ardoroso que no es capaz de controlar. (Homero en La Ilíada.)

6. Medea, hija de Eetes, rey de Cólquide. Nieta de Helio, el sol, y sobrina de la hechicera Circe. Su pasión por Jasón la hace desempeñar un papel fundamental en el ciclo de los Argonautas, en la obtención del Vellocino de oro. También la lleva a realizar todo tipo de crímenes, engaños y traiciones. Víctima de un amor incontrolable y aprovechándose de su poder hechicero, utilizaba cualquier recurso para alcanzar sus metas. (Eurípides en Medea, y Apolonio de Rodas en Las argonáuticas.)

7. Psique. Pienso que Eros se refiere al mito tardío (Siglo II d.C.) de Eros y Psique, inserto en Las Metamorfosis o El Asno de oro de Apuleyo, en el cual Psique (alma) supera cuatro pruebas aparentemente imposibles impuestas por Afrodita para encontrar al dios Eros y estar con él. Finalmente es elevada al Olimpo y convertida en diosa.

Como puedes ver, aunque en apariencia Eros estaba delirando, había un hilo rector, una lógica velada. Todo apunta a lo mismo... En fin... Interprétalo como puedas.

Ciaoooo, me tengo que ir, después hablamos.

Tatiana

P.D. El sábado estás invitada con Carlos y Eros (ya es hora de que lo conozcas) a mi cumpleaños. Ya no tienes excu-

sa para olvidarte de tan memorable fecha (no olvides el regalo).

Epifanía cerró el e-mail y le vino a la cabeza la expresión perdida y embelesada de Eros aquella tarde. Releyó el mensaje, fue hasta la biblioteca, extrajo un enorme diccionario de mitología griega y comenzó a hojearlo, primero con cierto escepticismo y luego con más interés. Al cabo de tres horas de leer sin parar, cerró el libro. Puso los codos sobre la mesa, apoyó la barbilla en los nudillos y de manera automática comenzó a repasar algunas de las historias que había leído y aún estaban vivas en su memoria.

Recordó la historia del rapto de Perséfone por Hades y el amor persistente de Deméter, su madre, para rescatarla del infierno. Pensó en lo grande que puede llegar a ser el amor entre madre e hija, y no dudó que la suya, pese a su aparente inseguridad, la habría liberado de las mismas garras del demonio de haber sido necesario. Entonces su mente saltó a los relatos de Artemisa: la diosa cazadora, casta y pura, vigorosa y rústica, casi masculina. No le gustó identificarse con ella en algunos aspectos, pero fue inevitable: ambas habían sido las preferidas de sus padres y las dos intentaban prescindir de los hombres. Sin embargo, le sorprendió saber que Artemisa se había enamorado de Orión y que ni siquiera la más feminista de las diosas pudo escapar al embrujo de la "divina locura", como le decía Eros.

También recordó a Dionisio, "el de los dos vientres", lujuria, vino y misterio, la furia de la energía vital, frenético, enloquecedor, afeminado, cornudo y rodeado de ménades. ¡Que monstruo!, pensó. ¿Cómo es posible que la mente humana haya concebido un ser así? Luego recordó que "Día" era el nombre de una isla que quiere decir 'celestial' o 'divina', que los cuervos por aquel entonces eran blancos y que Eros significaba 'pasión sexual'.

Finalmente se levantó de la mesa y estiró los músculos del cuello y de la nuca, hasta que se oyó un *crack* complaciente. Le pareció que el tiempo había transcurrido muy rápido y concluyó que no estaba acostumbrada a tanta fantasía, que quizás se había excedido y que era mejor ir a dormir.

Mientras se arropaba en un rincón de la cama y adoptaba la posición fetal, sobre un baúl repleto de cojines decorativos alcanzó a divisar la vieja almohada de pana azul, a la cual se abrazaba cuando niña para dormir. Cerró los ojos, pero su cerebro estaba excitado y todo corría veloz, como si las neuronas estuvieran despertando de un milenio de oxidación. Volvió a mirar el cojín que no usaba hacía años e intentó relajarse, pero la mente danzaba como una bailarina loca y ni las pastillas para dormir parecían apaciguarla. Así estuvo por unos minutos, hasta que el cansancio la venció. Al despertar por la mañana, como en su más lejana infancia, pudo sentir el diminuto y sucio almohadón junto a su cara, haciéndole cosquillas.

Conversaciones lejanas

¿Qué voy hacer contigo, papá? Debería meterte en un cajón o colocarte boca abajo. Lo lógico sería sacarte de aquí y mandarte a la porra, pero ya ves, te convertiste en el mejor de los terapeutas... No hablas, no opinas... Bueno, en realidad sí opinas, lo haces desde la lejanía y a veces creo que hasta me sonríes... Hoy tampoco dormí bien... ¿Que por qué tengo tu foto en el consultorio y además en un lugar tan visible?... No sé, a lo mejor porque me gusta que me digan que me parezco a ti... De todas maneras no sé qué hacer contigo, hay días en que me olvido y otros en que quiero aplastarte... Creí que todo estaba superado, que había aprendido a vivir con el rencor de que hayas partido sin avisar. Sin embargo, algo sucedió en el cementerio... Como si todo se reactivara de nuevo con más fuerza... ¿Cómo estoy con Carlos?... No me lo aguanto, ya no me satisface para nada, tú entiendes lo que quiero decir, ¿verdad?... Nunca hubo nada... Es un idiota metido en un buen físico... ¿Por qué te preocupa tanto mi edad?... Treinta y cuatro años no son muchos... Hoy en día las mujeres nos casamos viejas para poder aprovechar la vida... ¿Andrés?... No quiero hablar de él... ¿Eros?... ¿Te encanta, verdad?... Apuesto a que te recuerda tu juventud: locura al cubo... Sandra... Yo sé que estás intranquilo, pero ella debería ser más realista, no heredó tu fortaleza y tu independencia... No vas a creerlo, pero hoy la vi en un semáforo, a las seis de la mañana, abrazada con el amigo... ¿De dónde crees que venía?... No, no me vio... Pero le hice trampa, la llamé de inmediato al celular y me contestó que estaba donde una amiga y que iba para la oficina... Definitivamente ella no quiere ayuda... No se pueden dejar los vicios lentamente... No, no es que ella no pueda, es que no quiere cambiar... ¿Que la compadezca y la ayude más? ¿Más?... ¡Pero, papá, no hice más que ayudarla toda la vida! ¿O no recuerdas que después de su accidente tuvieron que mandarme al psicólogo porque me estaba haciendo cargo de ella como si fuera la mamá?... Ella ya está grande, si quiere sufrir a manos de un explotador y dejarse endulzar los oídos, es su decisión... Además, ¿tú hablando de compasión?...

La secretaria interrumpió los pensamientos de Epifanía con un golpe en la puerta, le entregó la agenda del día y le anunció que ya había llegado el primer paciente. Epifanía acomodó el portarretratos y le dijo a la foto: Mira, hoy no quiero pelear... Mejor hablamos después... Tocó con sus dedos el rostro quieto de su padre, que no cesaba de mirarla, e hizo seguir al primer paciente.

El banquete de Tatiana

Ya le había señalado el reloj en dos oportunidades, pero Carlos estaba en la estratosfera. Cuando se sentaba en la palabra, sacarlo de ese papel era muy difícil, y más aún si el auditorio mostraba interés por su perorata. El café bar era un pequeño reducto italiano, donde se reunía la crema y nata de los corredores de bolsa. A los lejos, diluida en el rumor de las conversaciones, alcanzaba a oírse la voz de Lucio Dallas cantando "Caruso".

El séquito de amigos y amigas de Carlos, todos impecablemente vestidos y adictos a las marcas de diseñadores famosos, hablaban al mismo tiempo y contaban chistes. Epifanía le hizo otra señal y le recordó nuevamente que Tatiana los estaba esperando; sin embargo, Carlos no se inmutó. En realidad, su atención estaba centrada en una mujer escuálida de largos bucles negros, que se recostaba descaradamente sobre sus rodillas y reía de manera desproporcionada, incluso cuando no mediaba ningún chiste.

El cuarto llamado fue casi un grito de desesperación, que no pasó inadvertido por los acompañantes, quienes ampliaron el círculo de inmediato. La mujer de bucles largos y negros se despidió con un sugestivo beso a pocos milímetros del labio superior de Carlos.

En el camino, alentado por algunas copas y todavía eufórico, él la actualizó sobre los chismes más recientes de la farándula mercantil y los últimos fracasos bursátiles. Le habló del descalabro de Yahoo, del tremendo fracaso del Internet como negocio, de su visión futurista al haber vendido a tiempo unas acciones, pese a la oposición de su jefe, y de la mala reputación que había adquirido su amigo Pablo. Habló sin parar. Cuarenta minutos después, estaban tocando la campana de bronce de la casa de Tatiana.

Al abrirse el portón, apareció la homenajeada con una amplia sonrisa de bienvenida. Epifanía entregó su regalo y los tres se dirigieron al patio trasero, donde estaban los invitados escuchando disertar a Eros sobre las virtudes del temible caldo negro, una sopa para valientes elaborada con sangre de animales, vinagre y sal. Antes de entrar al patio, Tatiana alcanzó a susurrarle a Epifanía que Eros le había parecido encantador, muy buen mozo y con una energía avasalladora. Eros bajó de la silla donde estaba parado, se acercó a Epifanía, le besó la mano de manera galante y trató de hacer lo mismo con Carlos, que se alejó más asustado que indignado.

—¿Encontraste fácilmente la dirección? —preguntó Epifanía.

—Seguí las estrellas —contestó Eros con una sonrisa.

Todo el mundo se puso de pie y luego de las presentaciones reglamentarias se ubicaron en semicírculo debajo de una frondosa parra. Tatiana abrió el regalo y expresó con alegría:

—¡No puedo creerlo! ¿De dónde sacaste todo esto?

—La vieja costumbre de guardarlo todo —dijo Epifanía con cariño.

Era un álbum de fotografías que reunía un sin número de momentos donde las dos aparecían juntas, desde la niñez hasta el presente. Después de darle una rápida ojeada y repasar algunos recuerdos, los ojos de Tatiana se humedecieron y ambas se abrazaron como en un reencuentro.

Todos los obsequios habían sido de su agrado. Jorge, profesor de literatura y director de la página cultural de un periódico de amplia circulación, le trajo una edición de lujo del libro de Roland Barthes, *Fragmentos de un discurso amoroso*; Margarita, psicóloga transpersonal, soltera y sexóloga, le regaló un bello bronce de un Cupido tocando flauta; Eduardo, médico bioenergético, le obsequió un diario hindú de papel de arroz forrado en madera; y Juan, estilista de vocación y profesión, una máscara de cerámica japonesa.

Tatiana sabía disfrutar muy bien de sus cumpleaños y a cada uno solía darle un significado personal, dependiendo del estado de ánimo y de los astros. Este año era el de la esperanza, y por eso toda la comida y los accesorios eran verdes. Sobre una mesa rectangular había un banquete de platos fríos delicadamente decorados, todos en diversas tonalidades de verde.

Eros, envuelto en una túnica blanca, retomó el tema:

—El caldo negro, alimento para guerreros... No se los recomiendo... Pero hay otros manjares que nunca deben faltar en una buena mesa: lenguas de ruiseñor, sesos de alondra, lenguado imperial, talón de camello y lengua de flamenco. ¡Ah, Lúculo y Aspicio, cuánta falta hacen!

—¿Se refiere usted a los famosos cocineros romanos? —preguntó Jorge—. Nunca había oído acerca de esas recetas.

—Son secretas —dijo Eros con un aire de complicidad—. Ellos no se conocieron, sólo los unió el karma de la alquimia gastronómica. Lúculo nació en Roma hace 2010 años, vivía para comer y explorar el gusto por los manjares exóticos, introdujo en Italia la cereza, el faisán y el melocotón —se detuvo un instante, hizo una especie de degustación mental, y después de un suspiro nostálgico, siguió hablando—. Aspicio vivió mil años después y escribió diez libros de cocina que se perdieron casi todos. Fue un loco del paladar, gastó su fortuna en comer y cuando se le acabó, se suicidó.

—¡Que horror! Morir por la comida es de bárbaros —expresó Margarita.

—Gula —dijo el bioenergético.

—Adicción—repuso Epifanía.

—Encantadora adicción —opinó Eros.

—Estoy de acuerdo —dijo Tatiana.

—Hay cosas en la vida más importantes que comer —sentenció Margarita.

—¿Cuánto pesa usted? —preguntó Eros.

—No sé, hace mucho tiempo que no me peso —mintió Margarita.

—Párese, por favor, párese —la exhortó Eros con amabilidad.

Ella accedió a ponerse de pie y él, levantando el

pulgar como si fuera un pintor calculando proporciones, concluyó:

—Un metro setenta y dos... Cuarenta y ocho kilos... ¿No cree que está muy delgada?

—Bueno... Es mi constitución...

—Si solamente comiéramos para vivir, seríamos como animales —dijo Eros acercándose a la mesa—. La comida es el único arte que entra por la papilas gustativas. La música lo hace por los oídos, la pintura por la vista, la escultura por el tacto, el baile por el cuerpo y la comida por la boca... No sólo nos alimentamos para sobrevivir, sino para disfrutar... Por ejemplo, ¿qué vemos aquí? Alcachofas rellenas con perejil y ajo, ¡maravilloso! La alcachofa es incendiaria de la pasión, además de ser excelente diurético y protectora del hígado.

—No cabe duda— manifestó el bioenergético con aquiescencia.

—El ajo es el bulbo preferido de Afrodita porque aumenta la eficacia sexual y estimula la sangre —continuó explicando Eros.

—Sí, sí... Eso es así, no cabe duda —reconoció Juan, el estilista.

—Y el perejil, acariciador por excelencia, genéticamente indiscreto... Cuando se pasa por el cuerpo de la persona que se ama, el orgasmo es inminente ¿Qué opinas de las alcachofas rellenas, Epifanía?

—No sé, Eros, ¿debo opinar algo?

—¿Qué te producen? ¿Ira, afecto, dolor, desconfianza, somnolencia...?

—Las verduras nunca me han producido ninguna sensación distinta de la del sabor.

—¿No crees que haya papas honestas, zanahorias deprimidas o nabos extrovertidos? — preguntó Eros.

De inmediato, Epifanía asoció las palabras de Eros con las de su padre cuando decía que las recetas dependían del estado de ánimo: "Hoy los ñoquis están cabizbajos", o "El estofado ha perdido el norte". Desde hacía mucho tiempo había dejado de catar y disfrutar la comida. En su juventud, las milanesas a la napolitana, los canelones de espinaca con salsa de ternera, el conejo a la cazadora y la pizza frita con ricotta eran motivo de festejo y alegría familiar. La comida era la excusa para querer y dejarse querer. La alquimia culinaria de papá, pensó, un brujo de cucharón en mano tratando de mantener vivas las raíces, ése era papá... Y por un instante, creyó saborear la albahaca fresca y aspirar el aroma del ragú de los domingos, tan lejanos y tan cercanos.

—Quizás sí...A lo mejor tienes razón...—respondió Epifanía.

—¿Sí? ¿Desde cuando eres tan *imaginativa*? —dijo Carlos con sarcasmo.

Eros reanudó su recorrido por la mesa:

—¿Y qué encontramos aquí? Nada más ni nada menos que una ensalada de berros con espárragos. Los berros, ricos en hierro, calcio y vitamina C, desvergonzados emisarios de la pasión; no se los recomiendo a personas mayores de sesenta años, demasiada intensidad. Y los espárragos, tan lujuriosos y traicioneros, son un tónico para el sistema urinario... Esta variedad de tallo grueso, color pálido y punta morada es la especie más afrodisíaca. ¡Todo un banquete, Tatiana!

—Gracias Eros, espero que lo disfrutes.

Eros llegó al extremo de la mesa, arrugó la nariz y dijo:

—¡Pastas de espinaca! La cura para la anemia y el mejor fertilizante para procrear. Y, claro está, no podía faltar el postre: manzanas en almíbar, que bien administradas pueden hacer rejuvenecer a los enamorados — entonces partió una manzana en dos, le entregó la mitad a Tatiana y dijo—: compartirla con alguien es presagio de futuro encuentro.

—¡Vaya! ¡Al fin un enamorado! —respondió Tatiana, y soltó una carcajada que puso a reír a todos, menos a Carlos y a Epifanía.

—¿Y qué otra sorpresa nos tienes guardada, Eros? —preguntó con amabilidad Jorge, el literato.

—Pues, mi regalo.

Entonces metió la mano dentro de la túnica y sacó un pequeño libro de recetas: *Tratado de confituras,* de Nostradamus.

—Dulces y alquimia: año 1552. No es muy antiguo pero tiene el encanto de la magia —sentenció.

Tatiana lo exploró con cuidado y se detuvo en la receta VIII, titulada: "Para hacer lechugas confitadas en azúcar", y exclamó:

—¡Nunca pensé que pudiera existir el dulce de lechuga, debo probarlo cuanto antes!

—Te sugiero "La confitura de rosas", hecha con pétalos tomados por la mañana (antes de que salga el sol), cuando están llenas de rocío, para que no se desperdicie su poder. Y también la receta XIII, por su fuerza religiosa.

Tatiana buscó el número XIII y leyó el título:

— *Para hacer la confitura de jengibre verde, que por más que sea llamado jengibre verde, es el que se hace con un jengibre llamado mecano, que es de la Meca donde Mahoma está enterrado.*

Eros se dirigió a la sexóloga y, cortésmente, preguntó:

—¿Qué me dice ahora, doctora? ¿Aún piensa que

hay que comer por comer? ¿No será que en cada uno de nosotros se esconde un sibarita dispuesto a trascender la mera supervivencia, para darle a la alimentación el estatus de "arte culinario"?

La mujer se limitó a esbozar una sonrisa y dijo un sí forzado con la cabeza, que en realidad significaba un "para qué habré abierto la boca". Mientras tanto, Jorge tomó el bronce que Margarita le había regalado a Tatiana, lo examinó con unas gafas que parecían lupas y dio su veredicto: "Hermoso, sencillamente hermoso", y se lo pasó a Eduardo, quien se lo entregó a Juan, y éste a Carlos, que comenzó a sopesarlo y a mirarlo desde varios ángulos. Entonces, dirigiéndose a Eros, dijo:

—Un Eros afeminado tocando flauta, ¿no será pariente tuyo? —y soltó una risa corta y áspera, que no obtuvo eco entre los demás.

Epifanía lanzó una mirada de regaño silencioso a Carlos, que no fue detectada por él.

—Eso es un Cupido —explicó Eros con tranquilidad.

—¿Acaso no es lo mismo? ¿O hay alguna "teoría filosófica" que los diferencie? —se burló Carlos.

—Sí la hay —respondió Eros sin perder su compostura—. Los cupidos son soldados de Eros, emisarios del amor que llevan la materia primigenia que mueve las partículas de todas las cosas. Ellos disparan y seducen, pero no organizan. Los cupidos tienen cuatro características: infancia perpetua, desnudez, ceguera y el arco. Por el contrario, Eros crece y envejece lentamente, pero no muere; se viste porque su sexo debe permanecer oculto; es algo miope, pero no ciego, y no utiliza flechas ni dardos porque puede operar a distancia sin intermediarios físicos. Eros interviene cuando los cupidos no dan resultado.

—¿Y de qué sexo son? —volvió a preguntar Carlos, sin cambiar de tono.

—Del que tú quieras, ¿cuál necesitas? —respondió Eros con un guiño.

—El amor y el sexo siempre han sido tema de discusión —intervino Jorge—. Sin embargo, hoy la cibercultura está creando nuevos fenómenos eróticos que nunca hubiéramos imaginado. Pensemos en lo que es el amor por Internet.

—No me cabe duda —confirmó Epifanía—, ya he atendido algunos casos de adicción al e-mail.

—La ventaja de tener un contacto a distancia es similar a tener sexo en el plano astral, puede ser una experiencia espiritual maravillosa —comentó Eduardo.

—No le veo la gracia —dijo Carlos.

—¿Más espiritual? Yo lo siento más mecanizado y frío —opinó Margarita.

—No necesariamente —explicó Eduardo—. Cuando hablamos con alguien que no conocemos físicamente, nos centramos en las palabras puras, hacemos contacto con el lenguaje, con las ideas. Es como un encuentro de filosofías sin cuerpos.

—¿Amor virtual? ¿Un amor sin piel?... Inhumano, además de aburrido —aseveró Eros.

—¿Por qué? —reclamó Margarita—. No siempre debe haber sexo para que haya amor.

—Es verdad —afirmó Eduardo—, el amor universal puede prescindir de toda manifestación sexual.

—El amor siempre es sensual, porque el universo *es* sensual —aseguró Eros—. Nuestra realidad es una realidad de sentidos, de impactos energéticos. El amor humano es de carne y hueso y si va dirigido a otro humano, nunca está libre de contacto.

—¡Al fin Eros y yo estamos de acuerdo en algo! —gritó Carlos.

—¿Y dónde queda el amor incondicional, el amor limpio y puro del que hablan los poetas clásicos? —preguntó el literato.

—En los libros —contestó Eros—. ¿Por qué debemos pensar que el sexo ensucia? Si fuera así, ¿quién de ustedes está realmente limpio?

Eros miró atentamente a los ojos de cada uno. Jorge sonrió, Eduardo, el bionergético, se tensionó, Margarita bajó la mirada, Carlos puso cara de degenerado, Juan soltó una risita nerviosa, Tatiana abrió los ojos para que la esculcaran y Epifanía se perdió en la mirada de Eros, con la expresión taciturna del escepticismo de siempre.

—De todas maneras —insistió Jorge—, la pregunta queda sin responder, ¿es posible amar sin deseo sexual?

—Las mujeres sí podemos hacerlo—aseguró Epifanía.

—No me digas. ¿Y desde cuándo piensas así? —preguntó Carlos.

—Creo que desde que nací —respondió Epifanía, cortante.

—Los hombres somos distintos de las mujeres, eso es verdad, pero el amor incondicional... —empezó a decir Eduardo.

—Perdón que lo interrumpa, doctor, pero usted, ¿qué entiende por "amor incondicional"? —preguntó Eros.

—El amor que no espera nada a cambio, el que se entrega totalmente, el amor donde el "yo" desaparece y el ego también. Desvanecerse en el otro, ¿me entiende?

—Ese amor no existe —afirmó Jorge —. Siempre esperamos algo y no me refiero a cobrar dividendos, sino al equilibrio natural de una buena relación, a la simetría afectiva.

—¡No cabe duda! —expresó Juan.

—El amor no llega de la razón, doctor —dijo Eros—. Primero nos enamoramos y después preguntamos quién es él o ella. Voy a explicarlo mejor. Nadie puede vivir sin amor, porque él es la fuerza que garantiza la unión de todo el cosmos. Si no amáramos, nos desintegraríamos y no podríamos pertenecer a este todo orgánico que llamamos vida. De ahí viene el nombre de "alma en pena", un corpúsculo solitario de vida sin poder realizarse en los demás. Pero de todas maneras, aunque nos neguemos a amar, el amor se va acumulando en el ventrículo derecho del corazón (ése es el lugar donde se almacena cuando no lo queremos utilizar). Podemos reprimirlo, esconderlo, pero no eliminarlo. Ese potencial no desaparece, está ahí listo a desarrollarse.

— ¿Y qué ocurre cuando lo guardamos mucho tiempo sin procesarlo, sublimarlo o transferirlo? —preguntó el bioenergético.

—Se sale de su cauce, se desborda, y cuando esto ocurre no tenemos más remedio que entregárselo al primero que pase. ¡Toma, te hago entrega de esta enorme acumulación de afecto, porque ya no sabía qué hacer con él! ¡Me enamoro de ti! Y ahí quedamos, atrapados. Ésa es la razón por la cual a veces nos enamoramos de la persona que no es.

El silencio fue general. La teoría de la "acumulación afectiva" de Eros pareció desconcertar a la mayoría, menos a Juan, que expresó abiertamente su sentir:

—¡A mí me pasó! ¡Tal cual lo dijo Eros! ¡Y terminé enredado con el sujeto más tonto y explotador del mundo!

—¿Dónde queda, entonces, el amor bueno y el malo, el vulgar y el divino, el santo y el profano? Yo siempre he visto dos tipos de amor —dijo Tatiana.

—El amor que lastima es un amor enfermo, una equivocación de la energía unificadora. Lo que une para destruir o simplemente desune, no es amor sino energía separatista... Sólo hay un amor que reúne a los otros —explicó Eros.

—Insisto en que las mujeres somos distintas de los hombres. No somos tan adictas al sexo, eso nos da cierta libertad de movimiento —insistió Epifanía.

—Estoy de acuerdo —se apresuró a corroborar Margarita, mientras se estiraba la falda.

—Pero somos adictas al afecto —afirmó Tatiana.

—No cabe duda —dijo Carlos, mirando a Epifanía de reojo.

—Ellos, sexo, y ellas, afecto, ¿y qué hay de nosotros? —preguntó Juan.

—Ustedes tienen la adicción de cada uno, o sea, peor no pueden estar —sentenció Carlos.

—Yo no diría eso —objetó Margarita—. La tendencia femenina en los hombres no puede considerarse como algo reprochable o perjudicial.

—Así es —confirmó Eduardo—, el Yin y el Yang están en cada uno de nosotros.

—¡Pues en mí no! —se apresuró a replicar Carlos—. Yo soy hombre de pura cepa, soy puro Yin concentrado.

—Querrás decir Yang — corrigió Epifanía.

—Bueno, lo que sea. ¡Hombre, hombre, hombre! ¿Cuál es el problema?

—A qué tipo de hombre te refieres, ¿al que viene de hombre o de mujer? —comentó Eros.

—¿Qué quieres decir con eso? —interrogó Carlos con suspicacia.

—Que quizás tu procedencia sea andrógina.

—Pero, ¿qué es esto, una convención de homosexuales? —replicó Carlos desconcertado.

—Por favor, Carlos, no tienes que ofender a nadie —dijo Epifanía tratando de tranquilizarlo—, simplemente estamos conversando de un tema al cual no estás acostumbrado.

Eros se sentó al revés en una silla y comenzó a relatar la siguiente historia.

—En el origen, nuestra naturaleza humana no era la misma que ahora. Las personas eran redondas, con

la espalda y los costados en forma de círculo. Tenían
cuatro manos, cuatro pies, una sola cabeza con dos
rostros que miraban en direcciones opuestas y dos
órganos sexuales. Podían caminar en posición bípeda
en cualquier dirección que quisieran y cuando co-
rrían lo hacían dando volteretas, girando una y otra
vez con las piernas abiertas como lo hacen los acró-
batas de circo. Cada ser podía tener dos sexos al mismo tiempo: hombre-hombre (el sol), mujer-mujer (la
tierra) y hombre-mujer, el andrógino (la luna).

El problema es que estos humanos eran tan sober-
bios y orgullosos que conspiraron contra los dioses y
éstos los mandaron a cortar por la mitad: perderán su
fuerza y tendremos más súbditos, fue el razonamiento
de Zeus. Así, cada uno fue partido en dos, dejando el
sexo en la parte de atrás y colocando el rostro hacia
adelante, para que pudieran ver la división y no olvi-
daran jamás su falta. Sin embargo, cada vez que se
encontraban las mitades de un cuerpo, se quedaban
abrazadas, se negaban a comer y morían de tristeza.
Entonces los dioses se compadecieron y les pusieron
el sexo por delante, para que si se encontraban un
hombre y una mujer pudieran engendrar y siguieran
existiendo como especie, y si eran del mismo sexo
simplemente se pudieran amar. Así, desde aquellos
tiempos, el amor tiende a unir y a restaurar la antigua

naturaleza de ser uno donde hay dos. El amor es la percepción de haber encontrado la auténtica mitad perdida.

—Aristófanes y el mito griego del andrógino —ratificó Jorge.

—Sí, pero no es originario de Grecia. Platón lo extrajo de la tradición indoeuropea. Por ejemplo, en el shivaísmo existen esfinges de un tal *Ardhanarishvara*, "el señor medio hembra", una forma en que los dos sexos están fundidos para representar una unidad dual divina.

—¿Y eso qué tiene que ver con mi masculinidad? —preguntó Carlos más desorientado que antes.

—Cada cual anhela fundirse y juntarse con lo que fue en su origen —explicó Eros—. Si buscas a las mujeres, es que en el principio tu mitad fue una mujer, fuiste andrógino. Los que fueron mujer-mujer son lesbianas, y los que fueron hombre-hombre son homosexuales, ¿comprendes? En cambio a ti te gustan las mujeres, las deseas, las necesitas, afirman tu hombría, dependes de ellas para ser hombre. Entonces no cabe duda: eres mitad mujer.

—¡Ridículo! ¡Resulta que ahora los *gay* son los verdaderos hombres! —protestó Carlos.

—De acuerdo con el mito, sí, pero si no quieres aceptarlo, al menos debes reconocer que en ti hay un

lado femenino. Por donde lo mires hay una mujer pi-
sándote los talones.

—¿Qué teoría es ésta? ¡Ustedes no son quiénes
para cuestionar mi hombría! — vociferó Carlos con
indignación.

Epifanía trato una vez más de apaciguar el cre-
ciente enfado de Carlos:

—Nadie está cuestionando tu virilidad, solamente...

—¡Por Dios, parecen salidos de un circo! —recriminó Carlos poniéndose de pie y empujando la silla
hacia atrás.

—No sigas, Carlos —insistió Epifanía.

—¿Por qué no? ¿De qué tienes miedo? ¿O acaso
tienes algo que ocultar? —hizo una pausa, y se dirigió a Tatiana—: ¿O *tienen* algo que ocultar?

—Explícate —dijo Tatiana.

—Si estás seguro de tu masculinidad, ¿por qué te
ofuscas tanto? —argumentó Eros con tranquilidad.

—Perdón que meta la cuchara —dijo Juan—. Con
todo respeto, Carlos, ¿no será que usted sufre de
homofobia? ¿O será que el narcisismo le ha achicado
el cerebro y agrandado el pene?

Ya fuera de control y resoplando como un toro
agitado, Carlos se abalanzó sobre Juan queriéndolo
golpear, pero Tatiana lo detuvo y le pidió de manera

enfática que entrara en razón. Eros observaba en silencio sin intervenir.

—¡Tú, tú, tú eres el culpable de todo esto! —gritó Carlos señalando a Eros con el dedo.

—¡Ya basta, no más! —exclamó Epifanía, tomándolo del brazo —¡Nos vamos!... Lo siento, Tatiana, pero es mejor...

—Sí, sí, te entiendo...

Epifanía se despidió rápidamente y se retiró. Carlos salió detrás, de mala gana y murmurando, no sin antes lanzar una mirada provocadora a Eros. Al cerrar la puerta, se le oyó decir: "¡Locos, locos, locos!".

Al cabo de unos minutos, cuando regresó el sosiego, Eduardo tomó la palabra:

—Parece increíble que hayamos pasado con tanta facilidad del amor a la guerra.

—Es verdad —asintió Tatiana, mientras servía más vino en unas enormes copas perfumadas con anís—. ¿Qué opinas de lo ocurrido, Eros? Después de todo tú fuiste en gran parte el detonante.

—Es inevitable, el amor siempre es subversivo —aseveró Eros, mientras jugaba con un racimo de uvas negras que colgaba de la vid; y agregó—: ¡Pero no perdamos el impulso! ¡Hoy es tu cumpleaños y hay que festejarlo! ¡Un brindis por Tatiana!

La fiesta siguió su curso. Eros rompió unos platos

mientras danzaba como Zorba el griego, al compás de unas viejas canciones de Demis Roussos. Margarita se relajó después de una botella de vino y no le importó demasiado mostrar las piernas. Jorge comenzó a recitar las *Flores del Mal* a todo pulmón. Eduardo decidió romper la abstinencia de licor y disertar sobre la relación entre Dionisos y Asclepio (el cirujano del Olimpo). Juan dejó salir la bailarina de flamenco que guardaba en su interior; y Tatiana, radiante como una rosa confitada, obscena e impertinente, cobijó a Eros entre sus brazos cargados de ternura.

La fragancia original

Subió las escaleras de metal hasta el entrepiso donde estaban esperándola Andrés y el jefe de seguridad del hospital. Ambos la saludaron y la invitaron a
pasar a una sala de observación, donde diez pantallas
vigilaban de manera estratégica distintas áreas de la
clínica. En el interior de la habitación había un hombre de barba blanca, que al ver a Epifanía se puso de
pie y la saludó con amabilidad. Andrés lo presentó
como un profesor del departamento de idiomas de la
facultad de Literatura.

—¿Qué es lo que ocurre? ¿Por qué querían que
viniera? —preguntó Epifanía.

—No te preocupes, no es nada grave —respondió
Andrés—. Sólo queríamos que vieras una grabación
que se hizo de la zona donde están los animales del

laboratorio. Se hizo el día en que Diego tomó a la enfermera como rehén.

Epifanía se sentó frente a un monitor y a una señal del jefe de seguridad la cinta comenzó a rodar. La película arrancaba con la imagen estática de un zaguán que conducía a tres diferentes habitaciones. El lugar estaba tranquilo a excepción de algunos ladridos y ruidos que procedían de jaulas que no alcanzaban a verse. A los pocos segundos apareció un hombre que observó con cuidado cada uno de los accesos y se sentó en el piso de espaldas a la cámara. Una vez ahí, comenzó a interpretar una curiosa tonada, similar al sonsonete de las meditaciones budistas.

—¡No puedo creerlo, es Eros! —dijo Epifanía presa del asombro—. Pero, ¿qué está haciendo ahí?

—Observe con cuidado —dijo el jefe de seguridad.

El canto de Eros se hizo cada vez más rápido y continuo, de tal forma que las palabras parecían unirse unas a otras como los eslabones de una gran cadena verbal. Epifanía prestó atención, pero le fue imposible descifrar lo que escuchaba.

—¿Qué es lo que dice? —preguntó.

Entonces, el hombre de barba intervino:

—El idioma que escucha es sánscrito y corresponde a una parte del Bhagavad–Gita, el texto sagrado de la India. Para ser más exacto, se refiere al enunciado nueve, del capítulo séptimo: *El conocimiento de lo Absoluto*. Ésta es una traducción:

> *Yo soy la fragancia original de la tierra*
> *y soy el calor del fuego.*
> *Yo soy la vida de todo cuanto vive*
> *y soy las penitencias de todos los ascetas.*

Epifanía leyó el texto y sin decir palabra regresó a la imagen televisada que continuaba invariable: Eros sentado y cantando.

Después de unos minutos sin novedad, algo comenzó a moverse. Por una de las puertas apareció un pequeño conejo blanco, que luego de evaluar la situación, se animó a traspasar el umbral y se acercó a Eros hasta tocarlo con su hocico. Al momento, un conejo marrón hizo exactamente lo mismo que el anterior, y detrás de él, tranquilos y despreocupados, cinco más salieron en fila india y repitieron el comportamiento. Por la puerta contraria, casi al mismo tiempo, asomaron tímidamente seis pequeños ratones, quienes, después de husmear el aire y analizar el territorio con prevención extrema, corrieron rápidamente hacia Eros y se le encaramaron encima. Finalmente, la tercer puerta se abrió y cuatro perritos pequeños hicieron su entrada, moviendo la cola y olfateando al visitante por todas partes. La escena era asombrosa. Los animales, en total silencio, trepaban y descendían por Eros como si se tratara de una montaña humana. El espectáculo duró aproximadamente una hora, hasta que por fin el canto se detuvo y todos los animales volvieron a su sitio original. Eros se levantó, se arregló la camisa, saludó a la cámara y salió.

—No sé qué decir —admitió Epifanía, más sorprendida que antes.

—Nosotros tampoco. Pensábamos que usted podía tener una explicación, pero ya veo que no es así... —afirmó el jefe de seguridad con resignación—. No sabemos cómo entró este señor a la sala, ni cómo salieron los animales de las jaulas y volvieron a entrar.

Andrés la acompañó hasta abajo, se despidió con un beso en la mejilla y le dijo que el olor de su piel le recordaba a la madera húmeda de los bosques. Epifanía no supo qué decir, le subió un color rosado a la cara y salió presurosa. Unos metros más adelante, luego de asegurarse de que Andrés no podía verla, olió sus brazos tratando de percibir algún indicio del supuesto aroma a bosque, pero sólo logró detectar el perfume a canela del jabón con que se bañaba.

Esa tarde, mientras hacía la ronda habitual y visitaba a sus pacientes, Epifanía tuvo la sensación de que una fragancia fresca la perseguía. No se trataba de un esencia específica, sino la conjunción de muchos olores en un solo perfume indiviso y extraordinario. Su cuerpo, las flores, las sábanas, el aire, los medicamentos, el hollín de los automóviles, el café, la gente, todo olía igual: sencillamente todo olía a Eros.

Eros, el demonio

Extrañaba a Eros. No lo veía desde el cumpleaños de Tatiana, y le hacía falta. Ahora que por fin había terminado la relación con Carlos, su ausencia se hacía sentir con más fuerza. Epifanía no sabía estar sola, aparentemente podía vivir sin amor, pero no sin compañía. Todas sus rupturas afectivas anteriores habían estado precedidas por algún romance previo que servía de soporte para evitar la temible soledad, pero esta vez, motivada quizás por alguna forma de dignidad tardía, decidió soltarse y saltar al vacío. En esta lucha interior, la imagen de Eros surgía espontáneamente en su mente como un bálsamo alentador y un oasis sin tiempo.

No había brisa y todo parecía suspendido en la oscuridad de una noche sin estrellas, una noche adusta, casi antipática. Se puso el piyama, le hizo huelga a las cremas faciales y pensó en llamar a Tatiana, su otro oasis. En ese momento sonó el teléfono y una voz apacible saludó a Epifanía:

—Hola, amiguita.

—Estaba a punto de llamarte.

—Te estás volviendo mentirosa —dijo la voz de Tatiana en tono jocoso—. Pero no importa, te tengo una gran noticia, agárrate bien: ¿Eros está por ahí?

—No, otra vez desapareció.

—Escucha bien: Ya sé quién es Eros.

—Vaya, eso sí es una noticia.

En ese momento, el teléfono indicó que había una llamada en espera. "No cuelgues", dijo Epifanía, apretó una tecla y se escuchó la voz apagada de Sandra:

—Hola... soy yo... necesito hablar con alguien, no sé qué me pasa...

—¿Dónde estás?

—En casa... Mamá está dormida y todo está tan... silencioso...

—Estoy en la otra línea con Tatiana, no me demoro, cuando termine te llamo, ¿te parece?

Sandra asintió y Epifanía volvió a hundir la tecla.

—Aquí estoy de nuevo, soy toda oídos, dime pues, ¿quién es Eros?

—Es un *daimon*, un demonio sublunar, es decir, un

demonio bueno —Tatiana bajó la voz en tono misterioso, como si alguien más pudiera oírla, y agregó—: Es una divinidad intermedia, un mensajero de los dioses, lleva y trae información, eso es lo que es.

Tatiana esperó la reacción de Epifanía, pero sólo obtuvo un prolongado silencio por respuesta. Entonces insistió:

—Yo sé que es difícil de creer, pero tengo información de primera mano —volvió a bajar la voz—. El día de mi cumpleaños lo conocí de cerca, me metí en su ser y esculqué sus afectos... En realidad me metí en su cuerpo... Y de pronto lo vi tan claro como la luz: un *daimon*, no cabe duda.

—¿Qué significa que te *metiste* en su cuerpo? No vas a decirme que estás practicando exorcismos —repuso Epifanía con preocupación.

—No, no, eso es maléfico... Me refiero a lo sexual, ¿me entiendes?... Se quedó hasta el otro día y, bueno... ya te imaginarás...

Epifanía no necesitó de mucha imaginación para entender lo que había ocurrido. Sintió una estocada que la atravesaba de lado a lado y se quedó muda. Al poco rato, todavía aturdida, trató de salir del mutismo y disimular el impacto de la noticia.

—¿Estás segura de que es un *daimon*? —dijo con esfuerzo.

—Totalmente. Cuando aparezca voy a hablar con él para que me diga la verdad. Medita sobre el asunto. Si quieres profundizar en el tema, lee el *Banquete* de Platón, y en especial lo que Diotimia le dice a Sócrates... —la voz de Tatiana le habló a alguien más—: ¡Ya voy! ¡Ya voy!... Me están esperando... Piensa en lo que te dije, ¿sí?... Después te llamo...

—Sí, sí, no te preocupes, después hablamos, adiós.

Epifanía colgó el teléfono y se sentó con la parsimonia de quien ha recibido la peor de las noticias. El teléfono volvió a sonar varias veces y en vano trató de ignorarlo. Levantó el auricular y pudo oír nuevamente la voz de Sandra:

—¿Todavía estás hablando?... Yo sigo regular...

—Termino en un momento y te marco, ¿está bien? —mintió Epifanía.

Sandra accedió con un sí resignado y el teléfono hizo *clic*.

No salía de su asombro. Una avalancha de ideas y viejos sentimientos se había apoderado repentinamente de ella. No le entraba en la cabeza que Eros y Tatiana hubieran estado juntos; o quizás sí, su mente podía aceptarlo, pero no su corazón. Sabía que estaba siendo insensata y que no tenía derecho a reclamar nada; sin embargo, el malestar tomaba rumbo propio y se alejaba completamente de su lado racional. Aquí no tenía cabida la lógica, más bien se trataba de sensaciones reconocibles que ya creía olvidadas. Las viejas enemigas regresaban de su exilio, confirmando que ciertos dolores no sufren amnesia y que el pasado siempre está presente.

Pero esta vez, la traición tenía otro matiz emocional, no sentía indignación sino tristeza. No había razón para enfurecerse, no se había roto un pacto previo de exclusividad, no se trataba de abandono o pérdida, nadie había violado sus derechos, y pese a todo, se sentía relegada, víctima de la indiferencia, injustamente desalojada de una amistad que le pertenecía. Todo estaba confuso, menos la aflicción punzante que se concentraba en el pecho y subía en forma de nudo a la garganta.

Se desnudó y entró al baño, pensó que una ducha fría podría tranquilizarla. Luego, poco a poco, comenzó a llorar. Primero fueron una o dos lágrimas indiscretas, y luego, la explosión de un llanto hondo y sentido, arrebatador y catártico. Así estuvo un buen rato, mojándose por fuera y por dentro, inundada por aquel sollozo que después de un siglo comenzó a ceder. Cerró la llave, se acostó envuelta en la toalla, tratando de recuperar el control. No buscó la luna ni el cielo abierto, como en otras ocasiones, prefirió permanecer suspendida en la quietud de su cuerpo. Al fin, un sueño reparador la llevó de la mano hacia adentro, muy adentro.

A corazón abierto

Eran las cinco y media de la mañana. Iba rumbo al hospital a gran velocidad, y mientras conducía intentaba llamar a urgencias. Las palabras de Andrés retumbaban en su mente de manera atropellada: "Al fin te encuentro, Epifanía... No sé cómo decirte esto... Sandra hizo un intento de suicidio... En este momento está en cuidados intensivos... Tu mamá está conmigo... Ven pronto".

Antes de cinco minutos estaba en plena carretera. Había tenido el sueño más pesado y abismal. La noche anterior todo había quedado por fuera de su consciencia: teléfonos, buscapersonas, celulares, la existencia misma había quedado relegada a un segundo plano.

Recuperó un primer mensaje del buzón de llamadas y escuchó la voz de Sandra:

"Son las doce y media, ¿por qué no me llamaste?... Lástima que no te encontré... Las quiero a las dos... pero ya no soy capaz..."

Activó un segundo mensaje y de nuevo escuchó la voz de Sandra, más pesada y melancólica:

"Son casi las dos de la mañana... Estoy escuchando a Frank Sinatra... La canción que le gustaba a papá, ¿recuerdas?... Ya no soy capaz... Yo sé que no debería hacerlo... Pero me abandonó otra vez, ¡otra vez! Ni siquiera puedo ser la segunda, ¿entiendes?... Ni siquiera la única segunda... ¿Por qué no me llamaste?... Las quiero mucho..."

Entró en el hospital corriendo, fue hasta el final del pasillo, atravesó una puerta de vaivén, giró hacia la derecha, trepó las escaleras de dos en dos y al llegar a la sala de espera se detuvo abruptamente. Allí estaba Andrés acompañado por el psiquiatra de turno y dos enfermeras. Atrás pudo ver la figura de Elisa, hundida en un pequeño sillón de cuero, con los ojos abiertos y la expresión inconfundible del desconsuelo. Epifanía se sentó a su lado y le tomó las manos. Elisa, suplicante y esperanzada, preguntó:

—Ella va estar bien, ¿cierto?

Epifanía miró a su colega, quien hizo un gesto afirmativo, y luego abrazó a su madre. Ya no recordaba la sensación de abrazarla.

—Sí, sí mamá, va a estar bien.

—¿Y tú? ¿Tú estás bien?

Epifanía asintió, y otra vez mintió. ¿Cómo podía sentirse bien después de lo sucedido? Y no se refería solamente a haber desamparado a su hermana cuando más la necesitaba, sino a todos esos años de indiferencia generalizada, al menosprecio de todo sufrimiento que no fuera el suyo. Sandra había dado más de un aviso y ella los había ignorado, simplemente porque no entraba en su definición de "dolor inteligente". Anoche, cuando rompió a llorar desconsoladamente, la rigurosa escala subjetiva de sufrimientos se hizo añicos. ¿Acaso fue inteligente, apropiado, lúcido, normal o sensato, sentir celos por Eros y Tatiana? La conclusión fue obvia.

—No te preocupes —dijo Epifanía—, te prometo que todo va a estar bien.

Se levantó, cruzó unas palabras con el médico encargado y entró en la sala donde estaba Sandra. La encontró inconsciente, intubada y conectada a varios monitores. Epifanía quedó consternada y de manera automática se llevó las manos a la boca; no era lo mismo ver a su hermana en esas condiciones que a un desconocido: ¡Dios mío!, atinó a decir, lo siento, hermanita, lo siento. Tomó coraje, acercó un pequeño banco y se sentó a su lado. No le habló, no la acarició;

solamente la observó dormir durante horas, como si nunca la hubiera visto antes. La miró y la admiró, sin argumentos ni pretextos, en silencio y a corazón abierto.

El cierre

Se recostó en el resquicio de la puerta con un cansancio que no era físico. El lugar estaba repleto de velas encendidas y el reflejo rojizo que llegaba desde la parte trasera de la casa se esparcía de manera difusa sobre la pared color ocre. El atardecer acababa de convertirse en noche y Eros estaba en el jardín junto a una fogata que había hecho con madera seca y eucalipto. Una brisa sostenida mantenía el fuego en vilo.

—Me alegra que Sandra esté fuera de peligro —comentó Eros con beneplácito.

Epifanía no respondió. Se deslizó hacia el calor buscando un lugar donde sentarse, encontró una enorme piedra rectangular y se dejó caer allí, con todo el peso del agotamiento. Su mirada buscó a Eros, que estaba absorto en las llamas como un hechicero preparando un conjuro.

—Creí que no ibas a volver.

—¿Cómo estás? —preguntó Eros.

Ella hizo un gesto de "no sé" y fijó la mirada en los arabescos chispeantes que saltaban locamente hacia arriba y luego estallaban.

—¿Cómo te sientes? —insistió Eros.

—Como si un tren me hubiera pasado por encima.

No hubo respuesta. Sólo se oía el chisporroteo de las astillas. Eros seguía impasible en su faena, revolviendo tizones encendidos y avivando las llamas.

—Tatiana me lo contó todo, ya sé que estuvieron juntos.

—Es una bella mujer, por dentro y por fuera, me sentí honrado.

Epifanía sintió cierta tranquilidad ante la sinceridad de Eros. Bella por dentro y por fuera, pensó, ¿cómo seré yo por dentro?

—Igualmente bella, pero más compleja. La complejidad siempre es más frágil y delicada —respondió Eros.

Epifanía no recordó haber hablado; sin embargo, respondió:

—Eso no justifica mi estupidez.

Eros contestó sin articular palabra: Los estúpidos no se dan cuenta de su estupidez.

Epifanía no recordó haber oído la voz de Eros; no obstante, afirmó:

—No seas tan indulgente... Creo que todo fue un error... Pero, ¿qué podía hacer? ¿De qué otra forma podría haber sobrevivido?...

Se interrumpió a sí misma. No estaba segura de querer continuar. Nunca le había contado a nadie lo sucedido y le aterraba la idea de tener que revivir aquéllo, pero también sabía que ésta podía ser la oportunidad para librarse, de una vez por todas, de esa insoportable carga.

Eros retornó a la candela, atizó la llamarada con un palo y echó más eucalipto. Luego levantó la vista y se encontró con la mirada desvalida de Epifanía, sumergida en el vaivén de los visos rojos.

—Te escucho —dijo Eros, invitándola a hablar.

Ella se enderezó y, tomado fuerzas, comenzó a hablar:

—Hace aproximadamente ocho años, en una de las reuniones académicas del hospital psiquiátrico, un compañero presentó el caso de una paciente depresiva que había intentado suicidarse dos veces. La mujer era una fotógrafa profesional y vivía atormentada por la culpa, pues había visto a un hombre arro-

jarse a un tren y habiendo podido impedirlo, no hizo
nada. Por el contrario, había aprovechado las circuns-
tancias para sacar la foto de su vida, con la cual pre-
tendía ganar un concurso, o vendérsela a la prensa
amarillista por una buena cantidad de dinero, pero
no fue capaz. Esa tarde, cuando empezó a relatar los
hechos, comprendí que... que se estaba refiriendo a
mi padre...

Hubo una breve pausa, en la cual Epifanía pareció
desconectarse. Luego, como volviendo en sí, retomó
el hilo del relato:

—Era obvio: la hora, el lugar, la descripción del
hombre, todo coincidía. Ella dijo que el hombre estaba de pie con los brazos abiertos, como un Cristo que
fueran a crucificar, de espaldas al tren, envuelto en la
neblina... Disparó la cámara una y otra vez... Tuvo
tiempo de ver llegar el tren y cómo lo engarzó en los
hierros y lo arrastró... Siguió sacando fotos... Me tomó
dos meses convencerla de que me entregara el material fotográfico. Al final sólo me mostró tres imágenes, las demás, según ella, las había roto en un momento de furia. Nunca supe por qué no las destruyó
todas; quizás había algo morboso en ella, o simplemente fue una manera de autocastigarse. No sé, lo
que importa es que tuve acceso a ellas... Lo vi... vi
cuando se moría...

Aparecieron algunas lágrimas que no avanzaron más allá de sus mejillas y continuó hablando:

—Entonces empecé una pesquisa obsesiva de datos e información especializada. ¿Por qué querría matarse? ¿Por qué? Indagué todo lo que pude. Revisé libros, cuadernos, notas sueltas, esculqué cada espacio y cada estante, hasta que un día encontré lo que buscaba: una orden para un examen neuropsicológico fechado un mes antes de su muerte. Visité al neurólogo. Al principio se negó a darme información, pero al ver mi angustia, y a lo mejor porque era médica, accedió. Me mostró los resultados de dos exámenes: serología del líquido cefalorraquídeo: "positiva para HIV". Y tomografía computarizada: "atrofia cortical y dilatación de los ventrículos". La conclusión fue evidente: complejo demencial por sida...

Volvió a tomar un respiro. El tema la agotaba.

—Rápido y devastador... Según el médico, ya había empezado a tener dificultades con la memoria, la orientación y la lectura... Un día lo encontré sentado en la biblioteca, con un libro abierto, mirando por la ventana, ido, rígido como una estatua. Le pregunté si se sentía bien y me dijo que sí, que no me preocupara, y me abrazó con ternura... Fue un abrazo distinto, más sentido que de costumbre, dolorosamente afectivo. Recuerdo sus ojos aguados, hundidos, como cuando se tiene fiebre... Nadie notó los cambios porque apenas estaban empezando, pero él sabía muy bien lo que le esperaba... Así fue que me enteré, busqué hasta encontrar, quería entender, necesitaba saber...

—Hay cosas que la razón no alcanza a discernir —opinó Eros.

Epifanía adoptó una expresión grave y desoladora:

—Nos abandonó, Eros, nos dejó... De la noche a la mañana ya no estaba, dejó de existir, se fue... Construyó un mundo para nosotras donde él era el centro, se volvió imprescindible y desapreció... No fue justo... Ni siquiera compartió su dolor...

—Justicia, justicia... ¿Hablas de lo justo e injusto?

Eros tomó un tizón y escribió sobre la pared la siguiente frase en griego:

$$\tauωὐτὸ \ δίχαιον \ χαὶ \ ἄδιχον$$

Y la tradujo en voz alta:

—*La misma cosa es justa e injusta*. He ahí la verdad.

Luego, adoptando el gesto particular de quien trae algo a la memoria, agregó:

—Los sofistas dijeron: "La misma cosa es más grande y más pequeña... más pesada y más ligera... el talento es más pesado que la mina y más ligero que dos talentos. Por lo tanto la misma cosa es más ligera y más pesada".

—No puedes disfrazar la contradicción tan alegremente —replicó Epifanía—, esto no es un problema de relativismo. Las cosas son o no son, te hacen daño o te hacen feliz, se es justo o injusto, aquí no hay puntos medios. Te guste o no, ésta es la lógica de la vida.

—Hasta el momento, la lógica y el intelecto no parecen haberte servido de mucho. La vida no necesita tantos argumentos, tanto *logos*, Epifanía. El afecto es lo que te abrirá la puerta y no el pensamiento. A veces es más importante experimentar con los sentidos que entender con la razón.

—Ya no tengo nada que experimentar, estoy reseca... Destruí la esperanza hace mucho, ya no tengo ilusiones...

—No es así —objetó Eros—. Desde aquí puedo verlas y sentirlas. Te salen por todas partes, sudas ilusiones: grandes, pequeñas, gordas, arrugadas, sucias, imprudentes, lascivas; estás atiborrada de ellas...

—¿De qué estás hablando?

—Del humor: el hoyuelo izquierdo te delata. Cuando captas el doble sentido, la broma, un diablillo inquieto aparece en tu semblante, y a pesar de que no sonrías, tu ser interior todavía juega. ¿Sabes cuál es la raíz latina de la palabra 'ilusión'? *Luderi*, que significa 'lúdico'. Tener ilusiones es poner la vida entre paréntesis y corretear por los sueños. En ese momento, la brisa aumentó y la luz adquirió una tonalidad púrpura. El olor del eucalipto se hizo más intenso y refrescante. Epifanía sintió que su jardín había dejado de ser el mismo; no era la configuración física lo que había cambiado, sino el reconocimiento subjetivo del lugar. Repentinamente, los cuatro puntos cardinales concurrieron hacia un paraje intemporal, donde la existencia cobraba un nuevo sentido. Ahora se hallaba en un lugar desconocido: una estructura incorpórea, despejada de objetos materiales y repleta de sentimientos en estado puro. Se percibió a sí misma en una caverna primitiva, tibia y confortable. Sobre el fondo movedizo de aquel resplandor inestable, la figura de Eros parecía diluirse una y mil veces, para luego reconstruirse nuevamente.

—La puerta está a punto de abrirse —afirmó Eros en tono solemne. Luego se puso de pie y tomó a Epifanía por la cintura como si fueran a bailar—. Ven, ven...

Ella accedió mansamente y se ubicó junto a la fogata. La hierba y el brillo tornadizo de la estrellas comenzaron a girar vertiginosamente hasta confundirse. De manera alternada, cielo y tierra fueron uno, sin dejar de ser dos. Epifanía estuvo a punto de perder el

conocimiento, pero una forma desconocida de energía la sostuvo. Eros estiró los brazos hacia arriba,
entrecerró los ojos y realizó una profunda y larga inspiración, como si la suave emanación procedente de
la pira tuviera algún poder especial. Luego puso una
piedrita sobre la cabeza de Epifanía y extendiéndole
las manos la invitó a cruzar.

—¡Salta! Salta junto a mí por encima de la hogue-
ra sin dejar caer la piedra y repite conmigo cada vez:
*¡Dejo mis errores atrás, dejo atrás el dolor, dejo atrás el
rencor!*

Epifanía saltó más allá de toda posibilidad, trepó
por el aire y atravesó tres veces la fogata, gritando con
fuerza y acompañada de Eros. A cada frase, una parte
de sí moría para volver a nacer.

Después sólo quedó un silencio limpio, tan grande y liviano como una montaña de aire. Eros ya no se
encontraba presente. Ahora ella estaba inmóvil y sus
brazos envolvían la rústica corteza del almendro. De
manera inexplicable, podía sentir que el almendro también la abrazaba. El árbol respiraba sobre su cabeza,
jadeaba suavemente y se mecía. Pudo reconocer el aliento y la voz emocionada de su padre, que le hablaba:

—Hija mía, hija de mi alma...

—¿Por qué, papá? ¿Por qué? —sollozó Epifanía
adherida a él con fuerza.

—Fui cobarde. No fui capaz de perderlas en vida. No soporté la idea de irme sin irme, de ver desvanecerse tu figura hasta hacerse irreconocible, de estar con tu madre sin estar con ella, de cobijar a Sandra por las noches sin reconocerla. Perdóname, hija, pero no quise aceptar que desaparecieran ante mis ojos como si nunca hubieran existido. La demencia iba a matarlas para mí. Preferí irme yo, antes que verlas partir a ustedes. Lo siento.

Epifanía sintió un resplandor fulminante que la atravesó como una espada luminosa, abrió los brazos y cayó de rodillas. Entonces se enlazó nuevamente al almendro con ternura y susurró:

—Vete en paz, papá, vete, ya te retuve suficiente. Te amo.

Abrió los ojos y se encontró de nuevo junto a la fogata. Eros a su lado la recibió con una sonrisa amigable. La brisa era delicada y todo estaba en una calma distinta. Las llamas habían desaparecido y las brasas sobrantes creaban un ambiente de íntima tibieza.

—¿Dónde estoy? ¿Qué pasó? —dijo Epifanía, tratando de incorporarse.

—Dormiste.

— Me siento extraña, como si no fuera yo.

—Créeme, lo eres más que nunca.

Eros miraba las estrellas con especial cuidado.

—¿Qué ves? —preguntó Epifanía.

—No veo, busco.

—¿Qué buscas exactamente?

—Que el cielo esté limpio hasta el amanecer.

La despedida

Cruzó la verja de la entrada al campo santo, se abrió camino entre un grupo de personas y sintió en su rostro la brisa cálida y primaveral. Eros iba unos pasos atrás, siguiendo meticulosamente la sombra de Epifanía. El viento que llegaba del oeste se filtraba entre los árboles y hacía tiritar algunas hojas. Se detuvo frente a los restos de su padre y le dijo: "Hoy te dejo una margarita sin deshojar. No es que quiera llevarte la contraria, pero todavía no he cortado la mía, cuando lo haga, serás el primero en saberlo".

Volteó y buscó a Eros, quien le regaló uno de sus guiños y la animó a continuar. Durante algunos minutos compartió con su padre el silencio cómplice de los que se aman a distancia. De pronto, la brisa hizo un extraño vaivén y se tornó discontinua, sinuosa. El aroma a madreselva se hizo más penetrante y una fuerza extraña la jalonó por detrás. Al volver la vista, Eros había desaparecido, y en su lugar un pequeño remolino de hojas secas, polvo y pétalos comenzó a girar sobre sí mismo. La tristeza nubló el rostro de Epifanía, que comprendió lo que ocurría: Otra vez lo mismo, pensó con tristeza, tú llegas, papá, y él se va. Entonces, una corriente de aire juguetona e imprudente rozó sus piernas e intentó levantar su vestido varias veces.

Ante la mirada aturdida de algunos visitantes, Epifanía comenzó a correr de un lado a otro tratando de esquivar en vano la persistente ventolera, que cada vez con más fuerza empujaba la falda hacia arriba y le acariciaba las piernas. ¡Qué haces, no... pero cómo se te ocurre! ¡No, no! ¡Estás loco! ¡Cuidado, cuidado, se me va a ver todo! ¡Ni se te ocurra! ¡No, pero por Dios qué haces!...

Y así, en aquel espacio vital y disparatado, donde el juego de lo absurdo era inevitable, de improviso surgió la carcajada. Como un chorro de gracia divina, la risa liberada de Epifanía llegó hasta el último rincón del universo, rasgó el cielo, tumbó las puertas del hospital, alcanzó el ventrículo derecho de Sandra, acarició cada arruga de Elisa, y atacó sin piedad el alma dispuesta de Andrés, quien pareció captar aquel jolgorio porque de manera súbita, y aparentemente sin razón, soltó una estruendosa risotada en plena consulta.

Horas más tarde, en la casa de Epifanía, una ráfaga con olor a mar y a caracoles, mucho más intensa y singularmente necia, cruzó el lugar sin respetar nada. El vendaval alocado sacudió hasta el último rincón de la vivienda, en especial el jardín, donde las plantas y los árboles se estremecieron hasta sus raíces. Y mientras la ventisca ponía a temblar de miedo al follaje, en el extremo de la rama más delgada del almendro, un incipiente retoño rosado se negaba valientemente a caer.